왜 에너지를 낭비하면 안 되나요?

왜 에너지를 낭비하면 안 되나요?

1판 1쇄 펴냄 2013년 4월 5일
1판 5쇄 펴냄 2014년 11월 17일

지은이 채화영
그린이 최지영
편집 박경화, 최민경, 황설경, 이은영, 유나리
마케팅 송만석, 한아름

펴낸이 하진석
펴낸곳 참돌어린이

주소 서울시 마포구 독막로 3길 8
전화 02 - 518 - 3919
팩스 0505 - 318 - 3919
이메일 book@charmdol.com
신고번호 제313 - 2011 - 157호
신고일자 2011년 5월 30일

ISBN 978 - 89 - 97592 - 28 - 9 64800

왜 에너지를 낭비하면 안 되나요?

채화영 지음 · 최지영 그림

참돌어린이

들어가는 글

　지금 여러분의 집 안을 한번 둘러보세요. 쓰지 않는 가전제품의 코드는 뽑아 두었나요? 혹시 습관처럼 보지도 않는 텔레비전을 켜 놓지는 않았나요?

　우리는 에너지가 풍족한 시대에 살고 있습니다. 코드를 뽑아 두지 않는다고 해서 에너지가 당장 사라진다고 생각하는 친구는 없을 거예요. 스위치만 올리면, 전기 코드만 꽂으면 컴퓨터와 텔레비전, 냉장고, 전자레인지 같은 제품을 언제든지 쓸 수 있으니까요. 하지만 사실은 그렇지 않답니다. 경제가 성장하고 생활이 풍요로워질수록 에너지는 많이 쓰이거든요.

　그런데도 우리는 자원의 소중함을 알지 못한 채 낭비를 하고 있어요. 인간에게 수명이 있는 것처럼 자원에도 수명이 있답니다. 석탄과 석유 같은 화석 연료는 그 양이 한정돼 있기 때문에 언젠가는 바닥날 거예요. 만약 그렇게 되면 어떤 일이 발생할까요? 우리가 항상 사용하는 전기는 물론, 버스와 지하철도 이용할 수 없게 되겠지요. 공장에서는 기계를 돌리지 못해 생활용품이 부족해지고, 우리의 삶은 상상할 수 없을 만큼 혼란스러워질 거예요.

　이런 이유로 많은 과학자가 새로운 에너지를 개발하기 위해 노력하고 있답니다.

깨끗하고 줄어들지도 않는 에너지에는 어떤 것들이 있을까요? 과학자들은 그것을 자연에서 찾고 있어요. 태양과 바람처럼 재생이 가능하고 환경 오염도 적은 청정 에너지를 만들어 낸 것이지요.

이런 노력은 과학자들만이 하는 것일까요? 그렇지 않아요. 우리도 작은 실천을 통해 에너지를 절약해야 합니다. 방에서 나올 땐 전등 스위치를 내리고, 사용하지 않는 전자 제품의 코드를 뽑아 두는 것처럼 말이에요.

지금부터 여러분은 병호와 함께 미래 세계로 여행을 떠나게 될 거예요. 만약 컴퓨터를 하다가 갑자기 어둠 속 도시로 뚝 떨어졌다면 주변을 찬찬히 둘러보세요. 어둠 속에서 초록빛을 뿜어 내고 있는 작은 소년이 보일 테니까요.

자, 마음의 준비가 되었나요? 여러분을 삐루의 세계로 초대합니다!

2013년 4월, 살랑살랑 봄바람을 맞으며

채화영

차례

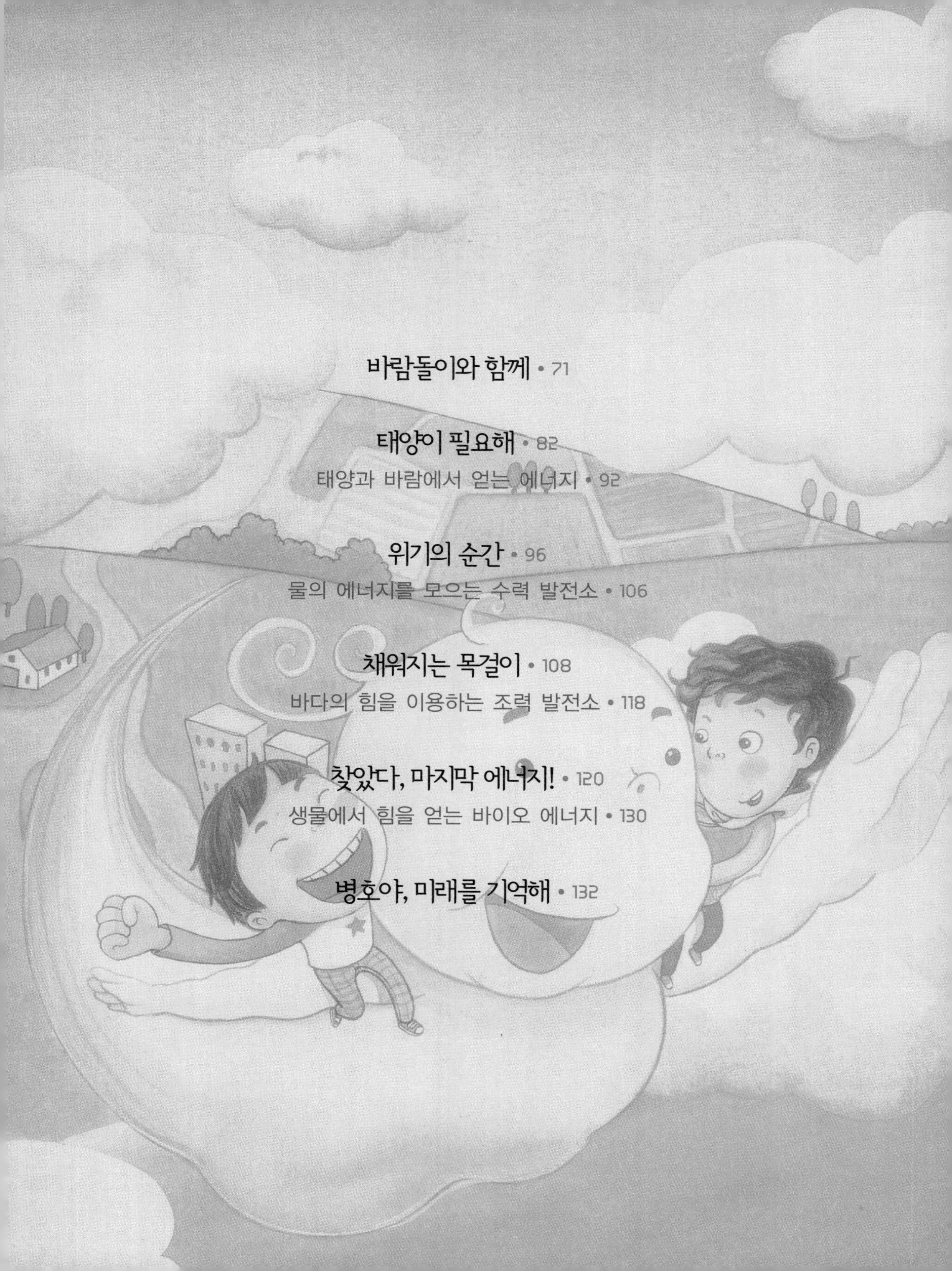

내 마음대로 하고 싶어!

"병호야, 이제 텔레비전 그만 봐야지."

"잠깐만요!"

병호가 엄마에게 건성으로 대답했어요.

'엄마도 참……. 얼마 보지도 않았는데.'

엄마는 병호가 텔레비전 앞에 오래 있는 것을 싫어했어요.

"그만 보고 이제 밥 먹어, 얼른!"

병호는 하는 수 없이 텔레비전을 끄고 뾰로통한 얼굴로 식탁에 앉

았어요.

"텔레비전 코드 뽑았니?"

"어차피 이따가 또 볼 거잖아요."

"그래도 사용하지 않을 땐 뽑아 둬야지."

"귀찮은데……."

병호가 작은 목소리로 중얼거렸어요. 병호의 엄마는 전기 제품의 플러그를 빼놓는 습관이 있어요. 병호한테도 항상 쓰지 않는 전기 제품의 코드를 뽑으라고 잔소리를 하지요. 하지만 어차피 금방 다시 사용할 건데 뭐하러 그렇게까지 해야 하는지 병호는 이해할 수가 없었어요.

"밥 먹기 싫단 말이에요."

"밥을 먹어야 키가 크지. 어서 먹어."

짜증을 내는 병호의 숟가락 위에 버섯볶음을 얹으며 엄마가 말했어요.

'쳇, 버섯도 먹기 싫은데.'

병호는 자기 마음대로 할 수 없는 상황이 짜증스러웠어요. 억지로 밥을 입에 넣으면서도 텔레비전에서 하는 만화 영화가 떠올랐어요.

'마음대로 텔레비전도 켜 놓고 친구들과 늦게까지 놀 수 있으면 얼

마나 좋을까?'

병호는 내일부터 다녀야 할 수학 학원에도 가고 싶지 않았어요. 공부보다는 운동장에서 친구들과 축구를 하며 놀고 싶었지요.

"그만 먹을래요."

밥을 절반 정도밖에 먹지 않았지만 병호는 입맛이 없어 숟가락을 내려놓았어요.

"저런, 식사하기 전에 군것질을 하니까 밥맛이 없지."

잔소리처럼 들리지만 사실이었어요. 아까 텔레비전을 보면서 초콜릿을 먹었더니 밥을 먹고 싶지 않았던 거예요. 엄마는 밥그릇을 끌어당겨 병호가 남긴 밥을 먹으며 한숨을 쉬었어요.

"에휴……. 우리 병호는 음식을 이렇게 남기고도 아까운 줄 모르는구나."

엄마의 한숨 소리가 귓가를 맴돌았지만 병호는 듣는 둥 마는 둥 화장실로 들어갔어요.

수도꼭지를 "콸콸" 틀어 손을 씻은 뒤, 병호는 양치질을 하기 시작했어요. 수도꼭지를 잠그지 않아 이를 닦는 동안에도 물이 계속 쏟아졌어요. 엄마가 알면 또 잔소리를 할 게 뻔했지만 병호는 아랑곳

지 않았어요.

'물이야 틀면 언제든 나오는데, 뭘.'

병호는 이를 닦으며 생각했어요. 이런 병호의 태도 때문에 엄마는 걱정이 많았어요. 병호는 방에서 나올 때도 불을 잘 끄지 않았어요. 컴퓨터를 하지 않을 때에도 오랫동안 켜 두는 버릇 때문에 부모님에게 자주 혼이 났어요. 혼날 때마다 병호는 변명만 늘어놓았지요.

"깜박 잊어버렸어요."

"앞으로는 안 그럴게요."

하지만 병호의 버릇은 좀처럼 고쳐지질 않았어요. 음식도 아까운 줄 모르고 남겨 버리는 때가 많았고, 플러그를 뽑는 것도 병호에겐 매우 귀찮은 일이었어요. 엄마가 낭비라고 말할 때마다 코드만 꼽으면 바로 나오는 전기가 왜 낭비되는지 이해할 수 없었지요.

'엄마는 매일 잔소리만 해.'

병호에게 엄마의 말은 그저 잔소리로 들릴 뿐이었답니다.

"엄마랑 아빠랑 오늘 이모네 가기로 한 거 알지? 누나랑 집 잘 보고 있어."

엄마가 설거지를 하며 말했어요. 그제야 병호는 오늘 저녁에 부모님이 외출한다는 사실을 떠올렸어요.

'야호!'

부모님의 간섭 없이 컴퓨터를 실컷 할 수 있다는 생각에 병호는 속으로 환호성을 질렀어요.

"엄마 없다고 게임 오래하면 안 돼. 자기 전에는 불도 꼭 끄고 자고. 누나한테 너 게임 얼마나 했는지 물어 볼 거야."

엄마는 병호의 마음을 들여다보기라도 한 것처럼 당부했어요.

"알았어요, 안 그럴게요."

병호는 건성으로 대답했어요.

잠시 후, 부모님이 집을 나가자마자 병호는 얼른 텔레비전부터 켰어요. 채널을 이리저리 돌려 보았지만 보고 싶던 만화 영화는 이미 끝난 뒤였어요. 병호는 늘 그랬던 것처럼 텔레비전을 끄지도 않고 방으로 들어가 곧장 컴퓨터 앞에 앉았어요.

"야, 이병호! 너 텔레비전 안 볼 거면 끄랬잖아."

학원에서 돌아와 자기 방에서 숙제를 하던 누나가 텔레비전 소리를 들었는지 거실로 나와 소리쳤어요. 하지만 병호는 크게 신경 쓰지 않았어요.

'이렇게 매일매일 내 마음대로만 할 수 있으면 진짜 좋을 텐데.'

밤새 게임할 생각을 하니 병호는 벌써 기분이 좋아졌어요. 그동안 엄마가 하루에 딱 한 시간만 게임을 하도록 허락했기 때문에 늘 불만 이었거든요. 병호는 그동안 하지 못했던 게임을 실컷 해야겠다고 생각했어요.

"이병호, 숙제는 끝냈어?"

누나가 방에 들어와 말했어요.

"내가 알아서 할 거야!"

병호는 누나는 쳐다보지도 않은 채 신경질적으로 말했어요.

"엄마가 게임하지 말랬잖아!"

"저리 좀 가! 귀찮게 하지 말고!"

병호는 귀찮다는 듯 한 손으로 누나를 밀쳤어요. 게임에 몰두한 병호의 뒷모습을 보던 누나는 고개를 설레설레 흔들며 방을 나가 버렸습니다.

시간이 얼마나 흘렀을까요? 병호는 문득 고개를 들고 눈을 비볐어요.

'컴퓨터를 너무 오래 했나? 왜 이렇게 졸립지?'

갑자기 목도 아파 오고 눈꺼풀도 무거워졌어요. 당장이라도 잠들 것처럼 졸음이 몰려왔지만, 게임을 끝마치지 못한 상황이라 병호는 억지로 눈을 뜨며 모니터를 바라보았어요.

'한 단계만 더 하면 끝나는데……'

병호의 의지와 상관없이 눈꺼풀은 점점 내려앉았어요. 병호의 게임 속 캐릭터도 조금씩 흐릿해졌어요. 결국 병호는 의자에 몸을 기댄 채 잠이 들고 말았습니다.

"지지직, 지지직……"

'으윽, 이게 무슨 소리야……'

정체를 알 수 없는 전자음이 병호의 귀를 파고들었어요. 달콤한 잠에 빠져 있던 병호가 귀를 막았지만 이상하게 소리는 조금도 줄어들지 않았어요.

그제야 병호는 천천히 눈을 떴어요. 눈앞에 컴퓨터가 환히 켜져 있었어요. 컴퓨터를 하다가 의자에서 그대로 잠들었던 거예요. 방의 전등과 책상 위의 스탠드도 환하게 켜져 있는 그대로였어요.

"컴퓨터를 하다가 잠이 들었나 보네."

병호가 하품을 하며 기지개를 켰어요. 그때 갑자기 컴퓨터 모니터

화면이 "지지직" 소리를 내며 심하게 흔들리기 시작했어요.

"어? 이게 왜 이러지?"

병호는 얼른 모니터 화면을 껐다가 다시 켜 보았어요.

"지지직, 치익……."

하지만 소용없었어요. 화면은 점점 더 어두워지면서 심하게 흔들렸어요. 수십 개의 검은 줄이 화면을 가득 채웠어요.

"뭐야, 벌써 고장 났나? 산 지 얼마 안 됐는데?"

병호는 컴퓨터 전원 스위치를 눌렀어요. 하지만 이상하게도 컴퓨터는 꺼지지 않았고, 잡음만 더 크게 들리기 시작했어요. 병호는 답답한 마음에 플러그를 힘껏 뽑았어요. 그러자 꺼져야 할 화면이 갑자기 강렬한 빛을 내뿜기 시작했어요.

"으앗!"

눈부신 빛에 병호는 눈을 뜰 수가 없었어요. 게다가 알 수 없는 기계음이 방 안을 가득 채울 정도로 크게 울렸어요. 병호는 눈을 감고 귀를 막았어요. 이러다가 컴퓨터가 "펑" 하고 터지는 것은 아닐까 무서워졌어요.

"누나! 누나!"

누나를 불렀지만 누나의 방에서는 인기척이 없었어요. 화면에서 나오는 빛 때문에 방은 대낮처럼 밝아졌어요.

그런데 순간, 병호가 발을 동동 구르는 사이 거짓말처럼 컴퓨터가 "탁" 꺼지고 말았습니다. 긴장을 한 탓인지 병호의 이마에 식은땀이 송글송글 맺혔어요.

"너무 오래 해서 그런가?"

고장 난 컴퓨터 때문에 부모님에게 혼날 생각을 하니 병호는 슬슬 걱정이 되었어요.

그때였어요. 전기가 나간 것처럼 갑자기 집 안의 모든 불이 한꺼번에 꺼졌어요. 켜져 있던 거실의 조명등도, 병호 방의 전등과 스탠드도 모두 꺼진 거예요.

'오늘 정전이라는 말은 못 들었는데?'

병호는 더듬거리며 거실로 나갔습니다. 거실은 평소보다 더 어둡게 느껴졌어요. 눈앞이 보이지 않을 만큼 깜깜했지요.

"누나! 방에 있어?"

병호는 아무 반응 없는 누나가 걱정이 되었어요. 혼자라는 사실이 무섭기도 했지요. 피곤해서 일찍 잠이 들었는지 아무리 소리쳐 불러도 누나는 대답하지 않았어요.

병호는 더듬거리며 거실 스위치를 찾아 눌렀지만 불은 들어오지 않았어요. 오히려 캄캄한 어둠 때문에 식탁 모서리에 팔꿈치만 찧고 말았지요.

그때였어요.

"치지익, 치익……."

아까 모니터에서 들리던 소리가 다시 들리기 시작했습니다. 병호는 다시 방으로 들어갔어요. 소리는 점점 더 커졌어요.

'어라, 컴퓨터는 아까 분명히 꺼졌는데? 불도 아직 안 들어왔고.'

병호는 갸웃거리며 컴퓨터 쪽으로 천천히 걸어갔어요. 신기하게도 병호가 컴퓨터 앞에 다다르자 소리가 뚝 끊겼습니다. 그리고 순식간에 모니터에서 초록색 광선이 뿜어져 나오기 시작했어요.

"악!"

깜짝 놀란 병호는 그만 뒤로 넘어지고 말았어요. 초록빛은 모니터 주변을 일렁이며 커다란 구멍을 만들었어요. 병호는 공상 과학 영화에서나 보던 장면에 넋을 놓고 말았어요.

"저, 저게 뭐야……?"

병호는 잠시 떨리는 마음을 가다듬고 천천히 앞으로 다가가 녹색 구멍을 살펴보기로 했어요. 병호가 구멍 안을 들여다보는 순간, 구멍에서 엄청난 힘이 병호를 끌어당기기 시작했어요.

　　"어, 어? 몸이 왜 이러지? 이거 놔!"

　　병호가 놀라 소리치며 저항했어요. 하지만 구멍의 힘은 엄청났어요.

　　"으악! 살려 줘! 누나!"

　　결국 병호는 모니터의 녹색 구멍으로 쏙 빨려 들어가고 말았어요. 병호가 들어가자 구멍은 서서히 사라졌습니다. 초록빛으로 일렁이던 화면도 아무 일 없다는 듯 평온해졌어요. 방에는 병호가 신던 양말 한 짝만이 떨어져 있을 뿐이었어요.

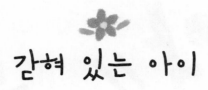

갇혀 있는 아이

"아……. 머리야."

지끈거리는 이마를 문지르며 병호가 눈을 떴어요.

"여기가 어디지?"

주위를 아무리 두리번거려도 빛이라곤 찾아볼 수 없을 만큼 어두운 곳이었어요. 바닥은 축축하고 서늘했어요. 아무리 생각해도 집은 아닌 것 같았지요.

"아무도 없어요? 저기요!"

병호가 소리쳤어요. 하지만 병호의 목소리는 어둠 속에서 뿔뿔이 흩어졌어요.

"도와주세요!"

병호는 손으로 허공을 더듬으며 조심스럽게 한 발씩 앞으로 걸어갔

어요. 아무것도 보이지 않았고 어떤 소리도 들리지 않았어요.

"이봐! 여기야, 여기!"

그때 어디선가 병호를 부르는 소리가 들렸어요. 병호는 깜짝 놀라 뒤를 돌아보았어요. 어두워서 잘 보이지 않던 공간 저편에서 희미한 초록빛이 반짝였어요. 병호는 소리가 들리는 쪽으로 발걸음을 옮겼어요. 길고 두꺼운 쇠창살로 막힌 감옥 안에 작은 몸집의 소년 한 명이 앉아 있었어요. 병호의 또래처럼 보였지요. 신기하게도 소년의 몸에서 초록색 빛이 연기처럼 피어오르고 있었습니다.

"넌 누구니? 왜 여기 갇혀 있는 거야?"

병호가 물었어요. 아이가 어두운 표정을 짓자 아지랑이처럼 피어오르는 초록빛이 조금 흐려졌어요.

"날 도와줄 수 있니? 난 여기서 나가야 해."

아이의 목소리는 가늘게 떨리고 있었어요. 누구인지도, 어떤 상황인지도 모르지만 병호는 측은한 마음이 들었어요. 하지만 아이의 온몸은 밧줄로 꽁꽁 묶여 있었고, 굵은 자물쇠가 달린 철문은 꿈쩍도 하지 않았어요.

"내 힘으로는 어떻게 할 수가 없어……."

병호가 굳게 잠긴 철문을 흔들어 보며 말했어요.

24

"쉿! 목소리를 낮춰. 그들이 오고 있어."

아이가 속삭이듯 말했어요. 아이의 말대로 저 멀리서 누군가의 발소리가 들렸어요.

"저기 바위가 보이지? 그쪽으로 가서 몸을 숨겨. 잘못하면 너까지 잡힐 수도 있어."

덜컥 겁이 난 병호는 얼른 커다란 바위 뒤로 몸을 숨겼어요. "뚜벅뚜벅" 발소리는 점점 가까워지고 있었어요.

"아직도 에너지가 남아 있군."

검은 양복을 입고 선글라스를 낀 키 큰 남자가 쇠창살 앞에 서서 말했어요. 머리에는 알파벳 브이가 새겨진 검은 두건을 쓴 모습이었지요.

"나를 가둔다고 해결되는 건 아무것도 없어!"

아이가 소리쳤지만 남자는 큰 소리로 웃었어요.

"하하, 네 몸의 에너지도 이제 얼마 남지 않았다. 꼬마야, 네 꿈도 곧 물거품이 될 거야."

"흥! 당신 뜻대로 되진 않을걸?"

"언제까지 기세등등할지 궁금하구나, 어리석은 놈."

검은 두건의 남자는 아이를 내려다보며 씩 웃었어요.

"네가 이기는지, 내가 이기는지 해보면 알게 되겠지."

남자는 주변을 한 번 둘러보더니 왔던 길로 되돌아갔어요. 남자의 모습이 사라지고 나서야 병호도 바위 뒤에서 나올 수 있었어요.

"저 남잔 누구야?"

병호가 아이에게 물었어요. 아이는 아까보다 더 지친 모습이었어요. 몸에 흐르던 빛도 거의 사그라지고 있었지요.

"브이야. 이 도시를 암흑으로 만든 나쁜 놈들이지."

"브이?"

"그보다 우선 날 좀 꺼내 줄 수 있겠니? 빨리 여기서 벗어나야 해."

아이가 간절한 표정으로 병호에게 부탁했어요.

"문을 어떻게 열지? 열쇠도 없는데……."

병호가 난감한 표정을 짓자 아이가 말했어요.

"손을 집어넣어서 내 몸에 묶인 이 밧줄을 풀어 줘."

병호는 아이가 시키는 대로 쇠창살 사이로 팔을 뻗어 밧줄을 풀기 시작했어요. 어찌나 꽉 묶어 놓았는지 쉽게 풀리지 않았어요.

"힘을 쓰지 못하게 날 묶어 놓은 거야. 밧줄이 풀리면 에너지를 쓸 수 있으니까 여기서 나갈 수 있어."

마지막 매듭을 당기자 단단히 묶여 있던 밧줄이 스르륵 풀어졌어
요. 그제야 아이의 몸은 자유로워졌어요.

"정말 고맙다!"

"이제 어떻게 할 거니?"

"정신을 집중해야 하니까 잠깐 뒤로 물러가 있을래? 네가 다칠지도
몰라."

병호는 세 걸음 정도 뒤로 물러났어요. 아이는 눈을 감고 정신을
집중했어요. 그 모습이 신기해서 병호는 물끄러미 바라만 보고 있었
지요.

아이가 오른쪽 손바닥을 하늘로 높이 들어 올리자 아이 몸에서 일
렁이던 빛이 손바닥으로 조금씩 모이기 시작했어요. 어느새 초록빛
이 모여 허공에 작은 구멍을 만들었어요. 병호가 컴퓨터 앞에서 보았
던 바로 그 구멍이었지요. 시간이 지날수록 초록빛 구멍은 점점 커졌
어요. 병호의 눈도 점점 커졌습니다.

"우와……."

병호가 초록빛 구멍 앞에서 넋을 놓고 있는 순간, 아이가 그 구멍으

로 쏙 빨려 들어갔어요. 그러더니 언제 그랬냐는 듯 허공에 있던 구
멍은 사라지고 주위는 다시 어두워졌어요.

"어……. 이, 이게 어떻게 된 거지?"

병호는 순식간에 일어난 일에 말까지 더듬었어요.

"나 여기 있지롱!"

깜짝 놀란 병호가 뒤를 돌아보았어요. 아까까지만 해도 쇠창살 감
옥 안에 갇혀 있던 소년이 어느 틈에 병호 뒤에 서 있었어요.

"어떻게 나온 거야? 분명 아까 저 구멍 속으로……."

병호가 감옥 안을 가리키며 말했어요. 집에서부터 이상한 일이 계
속되고 있어서 정신을 차릴 수가 없었지요.

"이동한 거야. 빛을 통해서."

아이가 웃으며 말했어요. 그때 멀리서 여러 사람의 발소리가 들려
왔어요.

"자세한 얘긴 이따가 할게. 우선 여기서 벗어나자."

아이는 몸을 낮추고 앞장서서 걷기 시작했어요. 병호도 조심스레
뒤를 따라 나섰어요. 얼마나 갔을까요, 아이가 갇혀 있던 감옥 쪽에서
아까 그 키 큰 남자의 목소리가 들렸어요.

"뭐야! 없잖아! 어디로 사라진 거야?"

아이가 탈출한 것을 발견했는지 남자는 단단히 약이 오른 목소리로 소리쳤어요.

"멀리 가진 못했을 거야! 당장 찾아와!"

남자의 말이 끝나기 무섭게 머리에 붉은 두건을 두른 사내들이 여기저기 흩어져 아이를 찾기 시작했어요. 검은 두건의 부하인 것처럼 보였지요. 상황을 파악한 아이와 병호는 냅다 뛰기 시작했어요.

그런데 이상했어요. 분명 도시인 것 같은데 가로등도 하나 없고, 어딜 가나 어두컴컴한 것이 병호는 적응되지 않았어요. 오직 함께 달리고 있는 아이에게서만 녹색 불빛이 보였지요.

"이리로 와!"

아이가 어느 골목으로 병호를 잡아당겼어요. 잠시 후, 요란한 구둣발 소리가 골목을 지나쳤어요. 아이와 병호는 남자들이 다 지나갈 때까지 숨을 죽이고 숨어 있었어요. 소리는 점점 멀어지더니 마침내 사방이 고요해졌어요. 그제야 병호도, 아이도 숨을 돌릴 수 있었습니다.

"됐어, 이제 안전할 거야."

아이가 병호를 일으켰어요. 정신이 없어서 미처 보지 못했는데, 자

세히 보니 아까보다 더 진한 초록빛이 아
이의 몸을 감싸고 있었어요.
　"앗! 따가워!"
　순간, 정전기가 오른 것처럼 손바닥이
따끔거려서 병호는 얼른 손을 뺐어요.
　"미안해, 내가 너무 힘을 썼나 봐."
　아이가 머리를 긁적이며 웃었어요.

"네 몸에 그 빛은 뭐야? 꼭 정전기가 오르는 것 같아."

병호는 이상한 일이 생기기 전, 컴퓨터 모니터에서 나오던 불빛을 떠올리며 물었어요.

"이건 내 몸에 흐르는 전기야."

"전기?"

병호가 화들짝 놀라 물었어요. 가끔 겨울에 정전기가 올라 따끔한 적은 있지만 실제로 몸에 전기가 흐른다는 말은 들어 본 적이 없었거든요.

"진짜야? 어떻게 그럴 수 있지? 혹시 감전된 것 아니야?"

호들갑스러운 병호와 달리 아이는 차분하게 대답했어요.

"난 아무렇지도 않아. 평소엔 괜찮은데, 이렇게 힘을 모으거나 사용할 때는 평소보다 많은 양의 전기가 흘러. 그래서 빛도 더 진해지고, 아까 내 손을 잡았을 때 너에게도 전기가 올랐던 거야."

병호는 공상 과학 영화에서나 있을 법한 이야기에 흥미가 생겼어요. 어느새 주변은 조금씩 밝아지기 시작했고, 아이의 몸에서 나오던 초록빛은 점점 희미해지기 시작했어요.

"좀 더 안전한 곳으로 가자. 아무래도 여긴 불안해."

소중한 에너지, 전기의 탄생

전기는 우리 생활에 없어서는 안 될 중요한 에너지입니다. 예전에는 해가 지면 어두워져서 아무것도 할 수 없었지만, 전기로 인해 밤과 낮의 구분이 사라졌고 하루 24시간 내내 생활이 가능해졌어요. 교통과 통신의 발달도 전기가 아니었다면 불가능했을지 모릅니다. 전기의 활약이 정말 대단하지요? 과연 최초의 전기는 어떻게 발견된 걸까요?

전기는 어떻게 발견되었을까?

기원 전 600년, 그리스의 탈레스라는 철학자가 우연히 호박을 털가죽으로 문지르면 가벼운 물체들이 호박에 달라붙는다는 사실을 알아냈어요. 여기서 호박은 먹는 호박이 아니라, 나무의 진이 오랫동안 땅에 묻혀 돌처럼 굳은 것을 말해요. 하지만 이런 현상이 무엇 때문에 일어나는지 당시에는 알 수 없었어요. 16세기 말에 와서야 본격적인 전기 연구가 시작되었으니까요. 전기의 영어 단어인 'Electricity'는 호박의 그리스 어인 '일렉트론'에서 비롯되었다고 알려져 있답니다.

전기가 물처럼 흐른다고?

전기에 대한 실험을 본격적으로 시작한 사람은 그레이라는 영국인이에요. 그레이가 관심을 가지고 연구한 것은 마찰로 발생한 전기가 물체를 따라 이동하는 현상이었어요. 그레이는 실험을 통해 땅이나 사람의 몸, 금속은 전기가 잘 흐를 수 있는 도체라는 것을 알아냈어요. 특히, 물이 전기를 잘 흐르게 하는 도체라는 사실도 밝혀냈지요. 그래서 나무처럼 전기가 흐르지 않는 부도체라도, 표면에 물기가 있으면 전기를 전달할 수 있는 거예요. 정말 대단한 발견이지요?

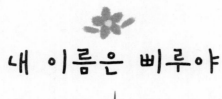

내 이름은 삐루야

아이는 병호를 데리고 다시 좁은 골목으로 들어갔어요.

"그런데 이 도시는 왜 이렇게 어둡니?"

병호가 물었어요.

"전기가 부족하기 때문이야."

아이가 우울한 표정으로 대답했어요.

"전기가 부족하다고?"

병호는 스위치를 올리거나 전기 코드만 꼽으면 언제든지 나오는 전기가 부족하다는 말이 이상하게 들렸어요.

"사람들이 전기를 낭비해서 이렇게 됐어."

"전기를 너무 많이 써서 이렇게 됐다는 말이야?"

"응, 지금 이곳에 사는 사람들은 전기를 자유롭게 쓸 수 없어. 하루에 전기를 사용할 수 있는 시간이 정해져 있지. 얼마 되지도 않고."

병호는 주변을 둘러보았어요. 이제 전기를 사용해도 되는 시간인지 하나둘 불이 켜지면서 도시가 밝아지고 있었어요.

"난 사실 이해가 잘 되지 않아. 내가 사는 곳은 언제든지 불을 켤 수 있거든."

병호가 고개를 갸웃거리자 아이가 단호하게 말했어요.

"네가 사는 곳은 그랬겠지. 하지만 지금 이곳은 네가 앞으로 살아가야 할 세계야."

"앞으로?"

"응, 여긴 미래 세계거든."

병호가 깜짝 놀라 뒷걸음질 쳤어요.

"미래 세계라고? 말도 안 돼. 난 아까까지만 해도 집에서 게임을 하고 있었단 말이야."

"그때 내가 너에게 신호를 보냈잖아. 초록 불빛 기억나지?"

"그게 네가 나에게 보낸 신호라고?"

"그래, 날 도와줄 친구가 필요했거든. 너도 봐서 알겠지만 이 세계는 이제 점점 암흑으로 변하고 있어."

병호는 아이의 말이 도통 이해되지 않았어요. 자신이 뭘 도와줘야 하는지, 그리고 진짜 이곳이 미래의 세계인지도 믿을 수 없었어요. 다시 원래의 세상으로 돌아갈 수 있을지 걱정되기 시작했지요.

"걱정 마. 네가 날 도와서 임무만 잘 수행해 준다면 다시 네가 살던 곳으로 돌아가게 해 줄게."

"내가 무엇을 도와야 하는 거지?"

"그건 이제부터 차차 알게 될 거야."

아이가 웃으며 말했어요.

"참, 내 소개가 늦었지? 난 삐루라고 해."

삐루가 손을 내밀자 병호는 잠시 망설였어요.

"지금은 전기가 안 통해. 잡아도 괜찮아."

그제야 병호가 삐루의 손을 잡았어요.

"난 병호야, 이병호."

삐루는 반갑게 병호의 손을 잡았어요.

"미래 세계에 온 걸 환영한다, 이병호. 그러고 보니 너 신발도 신지 않았구나?"

삐루가 병호의 발을 내려다보며 말했어요. 신발은커녕 양말도 한 짝밖에 신지 않았다는 사실을 병호 자신도 미처 깨닫지 못했던 거예요. 갑자기 부끄러워진 병호는 머리를 벅벅 긁었어요.

"자, 이거 신어."

어디서 가지고 왔는지 삐루가 주황색 운동화 한 켤레를 내밀며 말했어요.

이제 도시는 완전히 밝아졌어요. 병호는 천천히 도시를 둘러보았어요. 전기가 들어왔어도 차갑고 어두운 기운은 여전히 남아 있었어요.

"자, 이제 우리의 일을 수행하러 가야지."

삐루가 병호를 이끌며 말했어요. 도시는 고요했어요. 병호는 자신이 떨어진 하늘을 한 번 올려다보았어요. 별도 하나 보이지 않는 하늘은 깜깜하기만 했어요.

어디로 가는지도 모른 채 병호는 삐루만 따라다녔어요. 불이 켜진 도시는 어딘지 모르게 을씨년스러워 보였어요. 자동차도 드문드문 다녔어요.

"길에 왜 이렇게 사람이 없지?"

길가는 눈에 띄게 한적했어요. 복잡한 서울의 거리와는 너무나 달랐어요. 마치 이 도시에 병호와 삐루 단 두 사람만 있는 것 같았어요.

"인구가 많이 줄었거든."

"인구? 사람들이 줄었단 말이야?"

"그래, 에너지가 부족해지면서 식량 생산량이 많이 줄었어. 굶어 죽는 사람들도 생겼고, 병원은 늘 전기 부족에 시달리고 있어. 큰 병에 걸려도 전기를 사용하는 시간이 한정되어 있어 수술을 하기 어려워졌지."

병호는 늘 전기 코드를 빼라고 당부하던 엄마의 말이 떠올랐어요.

'그래서 엄마가 늘 전기를 절약하라고 말씀하신 거구나.'

병호는 갑자기 엄마가 보고 싶어졌어요.

'내가 없어진 걸 알면 많이 놀라실 텐데…….'

병호의 가슴이 먹먹해졌어요. 하지만 전기도 없이 살아야 하는 이 도시의 친구들을 떠올리니 가슴이 더욱 아팠어요. 먹을 것도 없고, 수술도 받을 수 없어 죽어 가는 이들을 병호는 어떻게든 돕고 싶었어요.

'할 수 있는 한 삐루를 돕고 집으로 돌아가자.'

병호는 주먹을 꽉 쥐며 결심했어요.

"병호야, 이리로!"

앞서 걷던 삐루가 갑자기 빠르게 몸을 숨겼어요. 병호도 재빨리 삐루 곁으로 뛰어갔어요. 붉은 두건의 사내들이 걸어오고 있었어요.

"대체 어디로 간 거야!"

한 남자가 화를 내며 소리쳤어요.

"이제 금방 어두워질 거야. 그 전에 찾아야 한다고!"

"이번에도 못 찾으면 보스가 우릴 가만 놔두지 않을 거야."

나머지 두 명이 굳은 표정으로 말했어요.

가로등도, 건물 안 불빛도 계속 깜빡거렸어요. 마치 곧 꺼질 것처럼 위태로워 보였지요.

병호와 삐루는 그들이 사라질 때까지 골목에 숨어 있었어요. 그들이 가까이 올 때마다 병호의 심장은 쿵쾅거렸어요. 마치 악당에게 쫓기는 영화나 드라마의 주인공이 된 기분이었어요.

남자들은 골목 주변을 어슬렁거리다가 다시 저만치 뛰어갔어요. 그들의 모습이 사라졌을 때에야 병호와 삐루는 밖으로 나와 한숨을 돌릴 수 있었어요.

"정말 끈질기군."

삐루가 이마의 식은땀을 훔치며 말했어요.

"브이가 대체 뭐길래 이렇게 계속 도망다니는 거야?"

"이 나라의 전기를 독점하고 있는 조직이야."

"독점이라면……. 전기를 혼자 다 차지하고 있다는 얘기야?"

"그래, 전기가 부족한 것도 브이가 독점하고 있기 때문이야."

"그게 가능해? 어떻게 혼자 전기를 다 가지고 있을 수가 있어?"

병호의 말에 삐루는 크게 한숨을 쉬었어요.

"사람들이 전기를 마구 낭비하는 바람에 전기는 매우 귀중한 에너지가 되었어. 그런데 브이라는 조직이 나타나서 큰돈으로 전기 회사를 사 버린 거야."

"돈이 많은 회사에서 전기를 가지고 있는 게 나쁜 건 아니잖아."

그러자 삐루는 고개를 절레절레 흔들었어요.

"너희 반에서 힘이 가장 센 아이가 학교 급식을 혼자 독차지한다고 생각해 봐."

"에이, 그런 일은 있을 수 없어."

병호가 피식 웃었지만 삐루의 표정은 진지했어요.

"돈은 매우 강한 힘을 가지고 있어. 불가능하다고 생각하는 일들도 가능하게 만들어 버리지. 힘이 센 아이가 혼자 급식을 차지해 버리면 다른 아이들은 밥을 먹을 수가 없게 되고, 만약 급식을 먹고 싶다고 얘기하면 그에 대한 대가를 요구하겠지."

"대가라니?"

"아주 비싼 돈을 받고 밥을 파는 거야."

병호는 삐루의 말을 상상해 보았어요.

"브이라는 조직이 그 힘센 아이와 같다는 말이야?"

"그래, 브이는 전기를 독점한 뒤 매우 비싼 값으로 전기를 공급하고 있어. 가뜩이나 부족한 전기를 비싼 값에 팔면서 사람들의 생활도 나날이 어려워지고 있지."

삐루의 표정이 어두워졌어요.

"저들이 중요한 화학 원료까지 독차지하고 마구 써 대는 바람에 환경은 더 오염됐어. 공기도, 강물도 더러워졌고 사람들은 여러 가지 질병에 시달리고 있어. 우리가 할 일은 깨끗하고 고갈되지 않는 새로운 에너지를 찾는 거야."

삐루는 어두워지는 하늘을 바라보았어요. 별 하나 보이지 않는 까무총총한 하늘이었어요. 병호의 마음도 조금씩 무거워졌어요.

따끔따끔, 정전기의 비밀

스웨터를 벗을 때 "타다닥" 소리와 함께 따끔거렸던 적이 있나요? 추운 겨울날 문 손잡이를 잡았을 때 손바닥이 따가웠던 적은요? 우리는 이런 현상을 '정전기'라고 불러요.

정전기는 흐르지 않고 머물러 있는 전기라는 뜻이에요. 콘센트만 꽂으면 흐르는 전기가 아니라, 그냥 고여 있는 물과 같은 것이지요.

정전기는 어떻게 만들어질까?

물체를 문지르면 '마찰열'이라는 것이 발생하는데, 이것은 서로 다른 두 물체를 문지를 때 발생하는 열 에너지랍니다. 이 마찰열에 의해 한 물체에서 다른 물체로 전자가 이동하게 돼요.

전자는 음전기(−)를 띠고 원자핵 주변을 도는 성질을 갖고 있어요. 두 물체 중 전자를 잃은 물체는 양전하(+)로, 전자를 얻은 물체는 음전하(−)로 변하게 되지요. 물질 중에는 전자를 주로 주는 것이 있고, 반대로 즐겨 받는 것이 있답니다.

전자를 주로 주는 물질 중에는 유리가, 전자를 주로 얻는 물질 중에는 고무가 있어요. 예를 들어 고무를 유리로 문지르면 전자를 주는 유리가 양전하, 전자를 얻는 고무가 음전하로 대전되는 것이지요.

이와 같은 과정으로 정전기 현상이 일어나는 것이랍니다. 어때요, 신기하지요?

새로운 에너지를 찾아서

"곧 불이 꺼질 거야. 전기를 쓸 수 있는 시간이 얼마 남지 않았어."

삐루가 말했어요. 병호는 문득 예전에 할머니가 해 준 이야기가 떠올랐어요.

"옛날에는 전기가 없어서 밤이 되면 등잔에 불을 켜고 살았단다."

그때는 병호에게 크게 와 닿지 않던 이야기였어요.

병호가 꿈꾸던 미래는 이렇게 어두운 세계가 아니었어요. 과학 책에서 보던 것처럼 최첨단으로 발전한 세계였지요. 하늘을 나는 자동차와 휘황찬란한 불빛으로 가득한 도시, 걷지 않아도 에스컬레이터처럼 도로가 저절로 움직이고 허공에 손짓만 해도 컴퓨터를 할 수 있는 그런 도시 말이에요.

'여기가 미래 세계라니, 말도 안 돼!'

병호는 울적해졌어요. 이 모든 게 에너지 부족 때문이라는 사실이 놀라웠어요. 전기는 써도 써도 닳지 않을 거라고 생각했던 자신의 모습이 부끄러워졌습니다.

"저들이 널 데리고 뭘하려는 건데?"

병호가 물었어요.

"아까 너도 봤지? 내 몸에서 피어오르던 불빛 말이야."

"그 초록색 빛?"

"그래, 내 몸에 전기가 흐른다는 걸 증명하는 빛이야."

삐루는 잠깐 눈을 감았어요. 두 손을 가슴에 대고 숨을 크게 들이마셨어요. 그러자 머리 위에서부터 초록색 불빛이 일렁였어요. 불빛은 조금씩 삐루의 머리에서 어깨로 그리고 발끝까지 이어졌어요.

그 모습을 신기한 표정으로 바라보던 병호는 자신도 모르게 불빛에 손을 대었어요.

"으악!"

아까보다 훨씬 강렬한 힘이 병호의 몸을 밀어냈어요.

"만지면 안 돼! 지금 내 몸엔 강한 전류가 흐른다고!"

병호는 전기가 오른 손을 문지르며 삐루를 바라보았어요. 삐루가 가슴에서 손을 떼자 불빛은 점점 사그라졌어요.

"정말 엄청나구나!"

병호가 감탄하며 말했어요.

"브이는 내 몸을 원하는 거야."

"네 몸이라면……. 네 몸에 흐르는 전기 말이야?"

"응."

"전기를 독점하고 있으면서 네 몸까지 필요하단 말이야?"

"그들의 욕심은 끝이 없어. 에너지가 그만큼 중요하다는 뜻이겠지."

삐루의 표정은 매우 진지했어요.

"네가 날 도와줘야 하는 것도 바로 이 때문이야."

"내가 뭘하면 되는 거니?"

병호는 적극적으로 삐루를 돕고 싶었어요.

"내가 힘을 얻기 위해서는 이 목걸이에 에너지를 가득 채워야 해."

삐루의 목엔 유리병처럼 생긴 작은 목걸이가 걸려 있었어요. 유리

병 안은 거의 비어 있었어요. 푸른 빛의 액
체가 아주 조금 담겨 있을 뿐이었지요.

"내 에너지로는 이 목걸이를 채울 수
가 없어. 브이에게 쫓기느라 힘이 많
이 줄어들었거든."

"그럼 어떻게 해야 해?"

동절기 전기 공급 시간

오전 : 05시 30분 ~ 7시 30분

오후 : 17시 30분 ~ 20시 30분

V 전력

소금

독점 기업
V는 물러가라!

“석탄과 석유를 대신할 새 에너지를 찾아야 해.”

“그런 에너지가 있어? 그게 뭔데?

병호가 재빨리 물었어요. 하지만 삐루의 표정은 좋지 않았습니다.

“사실, 나도 아직 잘 몰라.”

“모른다니?”

“그게 널 이 미래 세계까지 부른 이유야. 이곳엔 날 도울 사람이 없
어. 난 과거의 사람들에게 무수히 많은 연락을 시도했어. 유일하게 응
답한 게 바로 병호 너야.”

“내가 새 에너지를 찾는 데 도움이 될까?”

“물론이지!”

병호의 물음에 삐루는 확신에 차서 고개를 끄덕였어요.

“음, 좋아. 널 도울게!”

병호가 씩씩하게 대답했어요. 삐루의 표정이 환하게 밝아졌어요.

“정말이야? 정말 나와 함께 에너지를 찾으러 갈 거야?”

“그래, 에너지를 펑펑 낭비한 내 잘못도 반성할 겸.”

병호도 활짝 웃었어요.

“우와! 정말 고마워!”

삐루가 환호성을 지르며 병호를 얼싸 안았어요.

"앗, 따가워!"

병호가 놀라 뒤로 넘어졌어요.

"아, 미안해. 너무 좋아서 나도 모르게 전기가……."

삐루가 키득거리며 웃었어요. 병호도 따라서 웃었어요.

"이제 우리는 어떻게 해야 하지?"

"에너지 친구들을 찾으러 가야지."

삐루가 대답했어요.

"하지만 어디 있는지 모르잖아?"

"정확히는 모르지만 그들이 있을 만한 곳은 알고 있어."

"거기가 어딘데?"

병호가 눈을 동그랗게 뜨며 물었어요.

"네가 있던 세계에선 어떤 자원이 가장 많이 쓰였니?"

"음, 글쎄……."

병호는 바로 대답하지 못했어요. 그냥 쉽게 쓰기만 했지 내가 쓰는 에너지가 어디서 나오는 건지는 관심이 없었거든요. 병호의 표정을 본 삐루가 손바닥을 펼쳐 보였어요. 삐루가 눈을 감자 손바닥 위로

초록빛이 아지랑이처럼 피어올랐어요.

"자, 잘 봐. 네가 살던 세계의 모습이야."

초록빛은 둥근 구멍을 만들었어요. 구멍은 물결처럼 출렁이더니 천천히 녹색 그림자를 만들었어요. 그림자가 걷히자 마치 텔레비전처럼 구멍을 통해 병호가 살던 도시의 모습이 보였어요.

"어? 우리 동네다!"

병호가 소리쳤어요.

"이곳을 잘 봐."

삐루가 가리킨 곳은 공장이 밀집된 지역이었어요. 공장의 큰 굴뚝이 검은 연기를 마구 내뿜고 있었어요.

"저 연기들은 다 뭐야?"

병호가 눈살을 찌푸리며 말했어요.

"그뿐만이 아니야. 아래쪽을 봐."

공장에서 나온 폐수가 개천으로 흘러들어 가고 있었어요. 시커먼 물은 금세 개천을 까맣게 물들였어요.

"저걸 저렇게 흘려보내면 어떻게 해?"

기름이 둥둥 뜬 개천은 너무나 흉해 보였어요. 병호는 공장의 매연과 폐수가 환경을 오염시킨다는 말을 들은 적이 있었어요.

"네가 쓴 에너지는 저런 검은 연기와 폐수를 만들어 내는 화석 연료에서 나온 거야."

삐루가 말했어요. 시커먼 연기가 하늘로 올라간다고 생각하니 병호는 가슴이 답답해지는 것 같았어요.

"그래서 환경이 파괴된다고 하는 거구나."

병호가 고개를 끄덕이며 말했어요.

"게다가 석탄, 석유 같은 화석 연료는 그 양이 한정되어 있어. 그래서 오래 쓸 수가 없지."

"그럼 앞으로 전기를 만들 방법은 없는 거야?"

"그렇진 않아. 환경을 오염시키지 않으면서 에너지를 생산하는 자원을 구하면 돼."

"그런 자원이 있단 말이야?"

"응, 우리는 그걸 청정에너지라고 불러."

병호는 "청정에너지"라는 단어를 천천히 소리 내어 말해 보았어요. 깨끗하고 맑은 느낌이 나는 이름이었어요.

"청정에너지는 어떻게 만들어?"

"그게 바로 너와 내가 해야 할 일이야."

"우리가 해야 할 일?"

"우리가 찾아야 할 것이 바로 청정에너지거든."

사람도 아닌 에너지를 찾아야 한다니, 병호는 막막한 느낌이 들었어요.

"이 도시를 구할 수 있는 방법은 그것뿐이야. 브이는 석탄과 석유를 장악하면서 이렇게 환경을 오염시키고 있어. 이대로 있다간 지구가 위험해질 거야."

삐루의 말에 병호의 마음이 더욱 무거워졌어요. 청정에너지를 어디서 구할 수 있을지 걱정이 앞섰지요. 그런 병호의 마음을 아는지 모르는지 삐루는 씩씩하게 말했어요.

"자, 우선 이곳에서 멀리 벗어나자."

삐루가 앞장서서 걷기 시작했습니다.

맑고 깨끗한 청정에너지

에너지라는 말은 '물체 내부에 간직된 일'이란 뜻의 그리스어에서 나왔어요. 에너지가 사람에게 쓰일 때는 사람이 움직이고 활동할 수 있는 능력을 뜻하지요. 그 영역이 매우 광대해서 많은 과학자가 지금도 에너지 연구에 몰두하고 있답니다.

에너지가 부족하다고?

우리가 일상생활에서 가장 많이 사용하는 에너지 자원은 석탄과 석유예요. 공장의 기계, 자동차의 연료, 냉난방 등 사회 주요 분야에서 빼놓을 수 없는 매우 중요한 자원이지요.

필요한 만큼 그 양도 충분하다면 얼마나 좋을까요? 아쉽게도 석탄과 석유와 같은 화석 연료는 그 양이 한정되어 있어 무제한으로 쓸 수 없어요. 우리가 지금처럼 석탄과 석유를 낭비한다면, 석탄은 앞으로 100년, 석유는 40년 정도밖에 쓸 수 없다고 합니다. 자원이 바닥나 이용할 수 없게 되면 우리 사회와 경제 그리고 일상생활 역시 큰 문제를 안게 되겠지요?

이러한 문제를 해결하기 위해 에너지를 절약하자는 운동이 지속적으로 일어나고 있어요. 그리고 과학자들은 석탄과 석유를 대체할 다양한 에너지를 만들기 위해 노력하고 있답니다.

대체 에너지는 무엇일까?

석탄과 석유는 중요한 자원이지만 양이 한정돼 있고 환경을 오염시킨다는 단점이 있어요. 이런 문제 때문에 두 자원을 대체할 만한 에너지를 개발하고 있지요.

대체 에너지라는 말은 1970년대에는 석탄, 석유 등 화석 연료를 대체한다는 의미에서 사용되었어요. 하지만 천연가스, 원자력 등의 사용이 증가하면서 환경 오염이 심각해지자 최근에는 청정 에너지로서의 재생 에너지, 미래 에너지 등을 의미하는 말로 쓰이게 되었답니다.

청정에너지는 무엇일까?

청정에너지는 환경을 오염시키지 않는 깨끗한 에너지라는 뜻이에요. 깨끗하다는 것을 강조하여 '클린 에너지'라고 부르기도 하지요. 태양의 뜨거운 빛을 이용한 태양열 에너지, 땅의 열을 이용한 지열 에너지, 바람을 이용한 풍력 에너지 등이 청정에너지랍니다. 최근에는 식물이나 미생물을 발효시켜 얻는 바이오매스 에너지가 개발 중이에요.

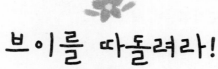

브이를 따돌려라!

'금방이라도 귀신이 튀어나올 것만 같아.'

도시의 불 꺼진 빌딩과 상점들을 보자 병호의 목이 저절로 움츠러

들었어요. 그때 갑자기 삐루가 발길을 멈췄어요.

"무슨 일이야?"

병호는 삐루 뒤에 바짝 붙었어요.

"쉿!"

삐루가 목소리를 낮추며 말했어요.

"브이야."

저 멀리 브이의 조직원들이 보였어요.

"이쪽으로 가자!"

삐루가 병호를 잡아끌었어요. 어두운 골목으로 꺾어 들어가자마자 둘은 재빨리 달리기 시작했어요.

"저기서 무슨 소리가 들렸어!"

"가 보자!"

병호와 삐루의 발소리를 들었는지 어느새 붉은 두건을 쓴 남자들이 쫓아오기 시작했어요. 삐루는 엄청난 속도로 달렸어요. 병호도 숨이 턱까지 차올랐어요.

"헉헉! 삐루야, 난 더 이상 못 가겠어!"

"저기 공원까지만 달리면 돼! 조금만 버텨!"

삐루가 달리면서 소리쳤어요. 브이 조직원과의 거리가 점점 좁혀졌어요. 둘은 가까스로 공원 안으로 들어갔어요.

"이제 어디로 가지?"

숨을 헐떡이며 병호가 말했어요. 삐루는 공원 수풀 뒤로 몸을 숨기더니 말없이 두 손을 가슴에 얹고 눈을 감았어요.

"삐루야! 이러고 있을 시간이 없어!"

하지만 삐루는 여전히 눈을 감고 있었어요. 마치 정신을 집중하는 것처럼 보였지요. 하지만 브이 조직원은 이미 공원 안으로 들어왔고, 병호는 불안한 마음에 삐루를 다그치려고 손을 뻗었어요.

그 순간, 삐루의 가슴에서 초록색 빛이 뿜어져 나왔어요. 그리고 그 빛은 허공에 커다란 구멍을 만들었어요. 아까 영상을 보았던 구멍과는 비교도 되지 않을 만큼 커다란 구멍이었어요. 그제야 눈을 뜬 삐루의 얼굴은 무척 창백했어요.

"자, 이곳으로 들어가는 거야. 서둘러!"

삐루가 가쁜 숨을 몰아쉬며 말했어요.

"들어가라고?"

"응, 에너지로 만든 공간의 문이야. 우리를 다른 공간으로 이동시켜 줄 거야. 시간이 없어! 어서 들어가!"

그러는 동안에도 브이 조직원들은 더욱 가까이 다가오고 있었어요.

"이 녀석들! 드디어 잡았구나!"

세 명 중 가장 키가 큰 남자가 두 팔을 벌리며 달려왔어요. 더 이상 생각할 시간이 없었어요. 병호는 두 눈을 질끈 감고 구멍 안으로 재빨리 몸을 던졌어요. 삐루도 뒤따라 들어왔어요.

"아니, 저게 뭐야?"

"어서 잡아!"

"닫히기 전에 붙잡아야 해!"

브이 조직원들은 허겁지겁 구멍을 향해 달려갔어요.

아슬아슬한 순간, 구멍은 순식간에 닫히고 말았어요. 허공에는 아무런 흔적도 남지 않았습니다. 세 남자는 넋이 나간 얼굴로 멍하니 서 있었어요.

대체 병호와 삐루는 어디로 사라진 것일까요?

"으악!"

"꽉 잡아!"

삐루가 손을 뻗어 병호의 팔을 붙잡았어요. 공중에 뜬 채로 병호와 삐루의 몸이 빙글빙글 돌았어요. 거센 바람 때문에 눈을 제대로 뜰 수가 없었어요. 몸이 어딘가로 쭉 빨려 들어가는 이상한 기분이 들었어요.

'이대로 땅에 떨어지는 건 아니겠지?'

병호는 덜컥 겁이 났어요. 게다가 어지러움 때문에 속이 좋지 않았어요.

"병호야! 저기 빛이 보이지?"

삐루가 소리쳤어요. 삐루가 가리킨 곳에 별처럼 반짝거리는 빛이
보였어요.

"저 빛이 있는 곳으로 나갈 거야. 바람에 휩쓸리지 않게 내 손을 꼭
잡아!"

겁을 잔뜩 먹은 병호는 삐루의 손을 꼭 잡았어요.

별 같은 빛은 점점 병호와 삐루 가까이로 다가왔어요. 다가올수록
더욱 커졌고 빛도 강렬해졌지요. 눈이 부셔서 눈을 제대로 뜰 수 없
을 지경이었어요. 병호가 눈살을 찌푸렸어요.

"지금이야!"

삐루가 소리쳤어요. 둘은 빛이 쏟아지는 구멍을 향해 몸을 기울였
어요. 세찬 바람 때문에 몸이 휘청거렸어요.

"으앗!"

"어이쿠!"

병호와 삐루는 "쿵" 소리를 내며 어딘가로 떨어졌어요. 바닥이 그
리 딱딱하진 않았지만 엉덩이가 욱신거렸어요.

병호와 삐루는 정신을 차리
고 주위를 둘러보았어요. 큰 나무
들과 넓은 논밭이 보였어요. 향기로
운 풀 냄새가 병호의 코끝을 간지럽
혔어요.

"아야……. 여기가 어디지?"

삐루도 어리둥절한 표정이었어요. 공간을 이동하면서 시간도 함께 이동했는지, 어느덧 해가 중천에 떠 있어 주위는 무척 밝았지요.

"나도 잘 모르겠어. 저쪽으로 한번 가 보자."

삐루가 멀리 보이는 마을을 가리켰어요.

병호는 이 마을의 풍경이 시골 할머니 댁과 비슷하다고 생각했어요. 할머니는 큰아버지와 함께 시골에서 농사를 짓는데, 여름 방학이 되면 병호는 누나와 함께 할머니 댁에 놀러 가곤 했어요.

할머니는 병호만 오면 매일 푸짐한 음식을 차려 주었어요. 병호는 맛있는 음식을 먹으며 사촌 동생들과 맑은 개울에서 수영도 하고, 그림책에서나 보던 곤충도 잡았어요. 할머니 댁에서는 학원이나 숙제 걱정은 하지 않아도 괜찮았어요. 그래서 병호는 언제나 여름 방학이 오기만을 손꼽아 기다렸지요.

'할머니는 건강히 잘 계시겠지?'

할머니를 떠올리니 그동안 자주 연락하지 않은 것이 마음에 걸렸어요.

마을은 크지 않았어요. 열 채도 되지 않는 집들이 띄엄띄엄 늘어서 있었어요. 푸른 잎으로 가득해야 할 들판은 붉은 흙이 들여다보일 정도로 황폐한 모습이었어요.

"삐루야, 저길 봐."

병호가 밭에서 일을 하고 있는 할아버지와 할머니를 발견했어요. 허리가 많이 굽은 할머니는 서 있는 것조차 힘들어 보였어요. 할아버지도 땀을 뻘뻘 흘리며 한숨을 쉬고 있었지요.

"할아버지! 할머니!"

병호가 소리쳤어요. 하지만 잘 들리지 않는지 할아버지와 할머니는 밭일에만 열중했어요. 병호는 삐루와 함께 밭으로 들어갔어요.

"할아버지, 안녕하세요?"

병호가 가까이 다가가 인사했어요. 그제야 할아버지가 땀을 닦으며 병호를 바라보았어요.

"넌 이 동네 아이가 아니로구나? 처음 보는 얼굴인데."

할아버지의 턱으로 굵은 땀방울이 흘러내렸어요.

"전 이병호라고 해요. 여기 살지는 않지만……"

"놀러 온 게로구나. 예전엔 이곳이 참 북적댔었지. 공기도 좋고 물도 맑아서 사람들이 자주 찾는 곳이었어. 좋은 시절이었지……"

옛 생각에 잠긴 듯 할아버지는 지그시 눈을 감았어요. 떨어져서 일을 하던 할머니도 지쳤는지 잠시 앉아 쉬고 있었어요.

"날도 덥고 힘든데 왜 두 분이서 직접 일을 하세요?"

"그야 기계를 사용하지 못하니까 그렇지."

"우리 큰아버지는 큰 기계를 이용해 농사를 지으시던데요?"

병호가 말했어요.

"나도 예전엔 그랬단다. 하지만 지금은 기계를 쉽게 이용할 수 없어."

할아버지가 병호의 머리를 쓰다듬으며 말했어요.

"이것도 다 에너지 부족 때문이야."

삐루가 덧붙였어요.

"전기를 내 마음대로 사용할 수 있다면 얼마나 좋겠니. 하지만 이젠 사용료가 너무 비싸져서 함부로 쓰지 못한단다."

"그럼 농사는 어떻게 지어요?"

병호가 밭을 둘러보며 말했어요. 두 사람에게는 지나치게 넓은 땅이었지요.

"그래서 모내기를 다 하지 못할 때도 있단다. 추수도 그렇고. 보다시피 마을엔 다 나같이 늙은이들뿐이거든."

할아버지의 목소리는 쓸쓸했어요. 에너지가 부족해지면 식량이 부족해질 수 있다는 삐루의 말을 병호는 이제야 이해할 수 있었어요.

"할아버지, 저희가 좀 도울게요."

병호가 소매를 걷으며 나섰어요. 삐루도 웃으며 고개를 끄덕였어요. 병호는 농사일을 기계로 쉽게 할 수 있다고 생각한 자신이 조금 부끄러워졌어요.

어느덧 뉘엿뉘엿 해가 지고, 하늘에는 노을이 깔렸어요. 할아버지는 일을 도운 병호와 삐루에게 맛있는 저녁밥을 대접했어요.

"냉장고를 오래 켜지 못해서 음식을 보관하기 힘들어졌단다."

식탁에 오른 반찬은 마른 김과 김치, 그리고 나물 몇 종류뿐이었어요. 하지만 열심히 땀 흘려 일한 병호는 그 반찬들이 집에서 먹던 것보다 훨씬 더 맛있게 느껴졌어요.

"너희는 어디로 가는 길이니?"

할머니가 삐루에게 물었어요.

"에너지를 찾으러 가는 길이에요."

삐루가 오물오물 밥알을 씹으며 대답했어요.

"혹시 깨끗한 에너지가 어디 있는지 아세요?"

김치를 쭉 찢어 입에 넣던 병호가 물었어요.

"힘을 내는 에너지 말이냐? 여긴 바람이 많이 불기로 유명한 동네지. 예전엔 풍차로 바람의 힘을 이용하곤 했단다. 저기 바닷가에 아직도 풍차가 남아 있을 게야."

"바람을 이용한다고요?"

병호와 삐루가 서로 마주 보며 웃었어요. 둘은 밥을 싹싹 긁어먹고 얼른 자리에서 일어났어요.

"할머니, 할아버지. 안녕히 계세요. 건강하셔야 해요!"

병호와 삐루는 인사를 하고 집을 나왔어요. 할아버지와 할머니도 손을 흔들며 두 소년을 배웅했어요.

"바람이었어."

삐루가 웃으며 말했어요.

"응, 맑고 깨끗하고."

"계속 써도 없어지지 않지."

둘은 바닷가를 향해 힘차게 달려갔어요.

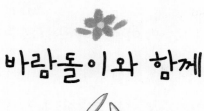

바람돌이와 함께

얼마쯤 달렸을까요. 병호와 삐루의 코끝에 조금씩 바다 냄새가 나기 시작하더니 마침내 둘의 눈앞에 탁 트인 바다가 펼쳐졌어요. 시원한 바람이 목덜미에 맺힌 땀방울을 말려 주었지요.

"브이가 여기까지 따라오지는 못하겠지?"

병호가 푸른 바다를 바라보며 말했어요. 하지만 삐루의 대답은 부정적이었어요.

"브이의 보스는 무서운 사람이야. 언제 어디서 우리를 감시하고 있을지 몰라."

병호는 시무룩해진 삐루의 어깨를 다독여 주었어요.

"걱정하지 마. 우리가 먼저 에너지를 찾으면 되니까."

바다 가까이로 다가가자 바람은 더 강하게 불어왔어요.

"바람 에너지를 어떻게 목걸이에 담지?"

삐루는 고민에 빠졌어요.

"바람을 모으면 되지 않을까?"

병호가 말했어요.

"바람을 모은다니?"

그때 병호의 머리를 번뜩 스치는 것이 있었어요. 주위를 둘러보던 병호는 쓰레기통이 있는 곳으로 얼른 달려갔어요.

"뭐하는 거야?"

쓰레기통을 뒤지는 병호를 보고 삐루가 물었어요. 병호는 쓰레기통에서 구겨진 종이와 나무젓가락을 꺼내더니 종이를 잘 펴서 재빠르게 접기 시작했어요.

"잘하면 될지도 몰라."

병호가 접은 종이를 들어 보이며 말했어요. 병호가 접은 것은 다름 아닌 바람개비였어요. 모래사장에서 뾰족한 핀을 주워 종이를 나무 젓가락에 꽂자 제법 그럴듯한 바람개비가 완성되었지요.

삐루는 여전히 어리둥절한 표정이었지만, 병호는 아랑곳하지 않고 바람이 불어오는 방향을 향해 바람개비를 들고 달리기 시작했어요. 바람을 맞은 바람개비는 천천히 그리고 점점 세게 돌기 시작했어요. 하지만 아무 일도 일어나지 않았어요.

"그렇게 한다고 에너지가 생길까?"

삐루가 실망스러운 얼굴로 물었어요. 병호는 다시 한 번, 더 빨리 달렸어요. 바람개비의 속도도 빨라졌어요. 힘이 들었지만 병호는 포기하지 않고 계속 달렸어요. 바람은 조금씩 강해졌어요.

어느 순간, 바람개비의 날개 한쪽이 툭 풀렸어요. 그와 동시에 어마어마한 바람이 몰려오기 시작했습니다.

"앗!"

강한 바람 때문에 병호는 더 이상 앞으로 나아갈 수 없었어요. 서 있던 삐루도 제대로 몸을 가누지 못했어요. 태풍이 온 것처럼 강한 바람이 얼마간 계속됐어요. 그리고 곧 병호와 삐루 앞에 커다란 회색 빛 그림자가 내려앉았어요.

"누구야? 누가 나를 깨운 거야?"

회색 그림자는 큰 눈을 부릅뜨고 병호와 삐루를 노려보았어요.

"아……. 안녕?"

병호가 더듬거리며 그림자에게 말을 걸었어요.

"감히 내 잠을 깨우다니!"

그림자의 목소리가 천둥처럼 크게 울렸어요.

"기분이 나빴다면 미안해! 우린 바람 에너지를 찾고 있어!"

삐루가 옆에서 거들었어요.

"바람 에너지?"

그림자의 화가 좀 누그러들었는지 쌩쌩 불던 바람의 세기도 조금씩 약해졌어요.

"응, 혹시 어디 있는지 아니?"

삐루가 물었어요. 바람은 이내 선선해졌고 주위도 고요해졌어요.

"바보들! 내가 바로 바람돌이, 너희가 찾는 그 바람 에너지야!"

"네가?"

삐루와 병호가 기뻐서 동시에 소리쳤어요. 그러자 회색 그림자의 모습을 한 바람돌이가 고개를 끄덕였어요. 화가 풀려서인지 바람돌이의 모습은 구름 같은 흰색으로 변했지요.

"휴, 드디어 찾았다!"

삐루가 안도의 한숨을 쉬며 말했어요.

"그런데 왜 나를 찾은 거지?"

"네가 우릴 좀 도와주었으면 해."

병호가 말했어요.

"내가 뭘 도와?"

"에너지를 만들어야 하거든."

"에너지라니? 이봐, 그건 불가능해. 이 나라는 에너지가 점점 사라지고 있다고. 우리 바람의 힘으로는 역부족이야."

바람돌이가 코웃음을 치며 말했어요. 삐루는 바람돌이에게 한 발 가까이 다가갔어요.

"네 힘만 보면 그렇겠지. 하지만 여러 힘을 모으면 아주 큰 에너지를 만들 수 있어."

"대체 어떤 힘을 모은다는 거야?"

"깨끗하고 오랫동안 사용할 수 있는 청정에너지! 아직 전부 찾지는 못했지만, 곧 찾을 수 있을 거야. 이 목걸이에 너의 힘을 조금만 나눠 줄 수 없겠니? 청정에너지를 모으면 큰 힘을 만들 수 있어!"

삐루가 목걸이를 보여 주며 간청했어요. 바람돌이는 심각한 표정으로 둘을 바라보았어요.

"힘을 모으면 예전처럼 풍부한 에너지를 만들 수 있단 말이지?"

"물론이지!"

삐루가 힘주어 말했어요.

"좋아, 나눠 줄게."

"정말 고마워!"

삐루와 병호가 뛸 듯이 기뻐하며 바람돌이에게 인사했어요.

"이곳도 예전엔 우리의 힘으로 에너지를 만들던 곳이었어."

바람돌이가 바다를 둘러보며 과거를 떠올렸어요. 바다 먼 곳에 대형 바람개비처럼 생긴 건축물들이 일렬로 세워져 있었지요.

"바람으로 에너지를 만드는 곳을 풍력 발전소라고 해. 한때는 이곳에서 우리가 얼마나 열심히 일했는지 몰라."

"지금은?"

"지금은 예전보다 많이 줄었어. 풍력 터빈이라는 기계 장치들이 빠르게 회전하며 바람 에너지를 생산해야 하는데, 에너지 부족으로 풍력 터빈을 돌릴 수 없게 됐거든.”

바람돌이는 힘없는 목소리로 대답했어요.

“걱정하지 마. 에너지를 다 모으면 예전처럼 너도 신 나게 일할 수 있을 거야.”

삐루가 웃으며 말했어요.

바람돌이도 미소를 지으며 입김을 “훅” 불었어요. 바람 한 줄기가 빙글빙글 돌며 회오리를 만들었어요. 그러고는 쏜살같이 삐루의 목걸이 속으로 빨려 들어갔어요. 에너지를 담은 목걸이가 반짝 빛났어요. 삐루의 몸에도 초록빛이 살짝 맴돌다 사라졌어요.

“목걸이의 유리병이 아까보다 조금 채워졌어.”

병호가 신기한 듯 목걸이를 바라보았어요. 삐루도 전보다 기운이 나는 것 같았어요.

“해가 지기 전에 이곳을 떠나는 게 좋을 거야. 시골이라 밤이 되면 다른 곳보다 더 깜깜하거든.”

바람돌이가 바람을 일으키며 말했어요.

“태양이 있어서 그나마 다행이야. 낮엔 활동하기가 쉬우니까.”

바람돌이의 말에 병호가 물었어요.

"해가 영영 뜨지 않으면 어떻게 될까?"

"그야 식물이 살기 어렵겠지. 인간들도 마찬가지고."

"그래, 그거야! 해는 엄청난 에너지를 갖고 있는 거야. 이 세상의 모든 생물을 살리는 힘 말이야!"

삐루가 갑자기 큰 소리로 말했어요. 병호는 하늘을 한 번 올려다보았어요. 해가 뜨는 낮이면 도시는 그나마 활기를 되찾았어요. 늘 규칙적으로 떠오르고 지는 태양이었기 때문에 별로 중요하게 생각하지 않았지만, 사실 해가 뜨지 않는 세상은 상상할 수도 없었어요.

"태양도 에너지를 갖고 있단 말이야?"

병호가 물었어요.

"에너지가 있으니 식물도 자라는 게 아닐까? 햇빛이 없다면 우리가 먹는 식량도 구하기 어려울 거야."

"맞아, 엄마가 사람도 햇볕을 쬐어야 몸에도 좋다고 하셨어."

"태양을 찾아야 해. 태양과 가장 가까운 곳이 어디지?"

삐루가 물었어요.

"산! 거기라면 태양을 만날 수 있을지도 몰라."

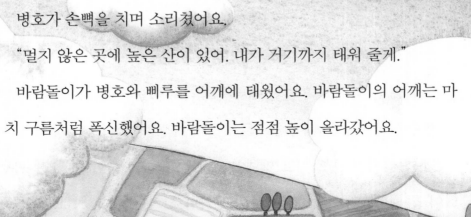

병호가 손뼉을 치며 소리쳤어요.

"멀지 않은 곳에 높은 산이 있어. 내가 거기까지 태워 줄게."

바람돌이가 병호와 삐루를 어깨에 태웠어요. 바람돌이의 어깨는 마

치 구름처럼 폭신했어요. 바람돌이는 점점 높이 올라갔어요.

마을도, 들판도 모든 것이 작게 보였어요. 떨어질까 봐 무섭기도 했지만 병호는 동화 속 마법의 나라에 온 것처럼 신이 났어요.

'우와! 친구들이 알면 얼마나 부러워할까!'

병호는 빨리 친구들에게 이 모습을 자랑하고 싶었어요. 지금쯤 친구들은 컴퓨터 게임이나 휴대 전화로 메신저나 하고 있을 테니까요.

얼마쯤 날았을까요. 멀리 우뚝 솟은 산이 보였어요. 산줄기가 길게 이어진 꽤 높은 산이었어요.

"친구들, 행운을 빌어!"

바람돌이는 병호와 삐루를 산 중턱에 내려 주고는 '휘리릭' 바람을 일으키며 저 멀리로 날아갔어요. 병호와 삐루는 바람돌이가 보이지 않을 때까지 손을 흔들어 주었답니다.

태양이 필요해

날은 이미 어두워졌어요. 태양을 만나려면 새벽까지 기다려야 했지요. 병호와 삐루는 걸어서 산 정상에 도착했어요. 둘은 태양이 떠오를 때까지 잠시 눈을 붙이기로 했어요. 쉬지 않고 달려온 탓에 많이 지친 상태였으니까요.

"병호야, 일어나 봐!"

시간이 얼마나 지났을까요. 삐루가 병호를 흔들어 깨웠어요. 부스스한 얼굴로 병호가 눈을 떴어요. 어느새 날이 밝아 오고 있는지 하늘도, 들판도 모두 붉은빛이었어요. 둘은 태양이 떠오르는 모습을 말없이 지켜보았어요.

"태양이 더 높이 뜨려면 좀 더 기다려야 해."

삐루가 말했어요. 태양은 점점 하늘 위로 떠올랐어요. 강렬한 빛이 산 전체에 쏟아지기 시작했어요.

이렇게 높은 산 정상에도 나무와 풀이 무성하게 자라고 있었어요. 이것이 태양의 힘이라고 생각하니 병호는 새삼 놀라웠어요.

'자연의 힘은 정말 대단하구나.'

바람에게 전기를 일으킬 만한 힘이 있다는 것도, 태양에게 생명을 키울 힘이 있다는 것도 참 신기했어요. 그저 자연의 한 부분이라고 대수롭지 않게 여기던 지난날과는 다른 느낌이었지요.

"그런데 태양의 에너지를 어떻게 모으지?"

삐루가 물었어요. 순간 병호는 친구들과 장난치던 일이 떠올랐어요.

"내게 좋은 생각이 있어."

병호가 왼쪽 소매를 걷었어요. 아버지에게 생일 선물로 받은 손목 시계가 빛을 받아 반짝였어요.

"시계? 이걸로 뭘하려고?"

삐루가 물었어요.

"햇빛을 모으려는 거야."

병호가 시계를 공중에 높이 들어 빛을 모았어요. 그러고는 삐루를 향해 빛을 반사시켰어요.

"앗!"

많이 모이진 않았지만 삐루가 눈을 감을 만큼 날카로운 빛이었어요. 병호는 가끔 친구들과 시계에 장식된 쇠붙이로 빛을 반사하며 놀곤 했어요. 수업 시간에는 작은 손거울로 빛을 반사시켜 친구들을 놀리는가 하면, 공원에서는 돋보기로 빛을 모아 나뭇잎을 태운 적도 있어요. 장난으로만 여겼던 행동이 사실은 빛을 모으는 행동이었다니 병호 스스로도 놀라울 따름이었어요.

병호는 다시 시계의 방향을 조절해 빛을 모았어요. 그리고 태양이 떠 있는 곳을 향해 빛을 반사했어요. 잠시 후, 병호가 반사한 빛은 엄청난 열기로 병호에게 되돌아왔어요.

"병호야! 너무 뜨거워!"

삐루가 얼굴을 가리며 소리쳤어요. 뜨겁긴 병호도 마찬가지였어요. 더 이상 빛을 모으기가 힘들었어요. 그때였어요.

"겁도 없이 날 부른 게 누구지?"

하늘에서 우렁찬 목소리가 들려왔어요. 둘은 동시에 하늘을 바라보았어요. 구름 사이로 활활 타오르는 태양빛이 쏟아지고 있었어요.

"태양이다!"

삐루가 소리쳤어요.

"빛을 조금만 줄여 줘! 우린 네 도움이 필요해서 왔어!"

병호도 소리쳤어요. 그러자 열기가 서서히 사라졌어요. 병호와 삐루는 얼굴을 가리던 손바닥을 내리고 태양을 바라보았어요. 태양은 이글거리는 눈빛을 가졌지만 어쩐지 무섭지 않은 얼굴이었어요.

"나를 불러내다니 대단한걸? 너희는 누구지?"

태양의 물음에 삐루와 병호가 대답했어요.

"안녕? 난 삐루라고 해."

"난 병호야."

"나는 이글이야. 그런데 무슨 일이지?"

삐루가 물었어요.

"이글아, 너의 힘으로 에너지를 만들 수 있니?"

"나를 이용하는 방식에 따라 조금씩 차이가 있어. 빛을 내면 태양광 발전 시스템이 빛 에너지를 모아 전기로 바꿔 주는데 이를 태양광 에너지라고 불러."

"빛을 이용하는 거구나?"

"그렇지. 하지만 빛이 아닌 열을 이용하면 태양열 에너지라고 불러
야 해. 태양열을 이용해서 집을 따뜻하게 하고 물을 데우는 데 사용
하지."

"태양빛과 태양열을 이용한다니 대단하다."

병호가 신기한 표정으로 말했어요.

"이글아, 우린 네 도움이 필요해."

삐루가 말했어요.

"도움이라니?"

"우린 에너지를 만들기 위해 힘을 모으는 중이야."

"에너지? 왜 그런 짓을 하지? 사람들은 에너지의 중요성을 잘 모른
다고. 에너지를 만들어 봤자 그들은 또다시 낭비할 거야."

이글이가 불덩이를 이글대며 코웃음을 쳤어요.

"하지만 이렇게 가다간 이 세계가 사라져 버릴지도 몰라. 무엇보다
가장 강력한 힘을 가진 네가 꼭 필요해!"

삐루가 소리쳤어요. 하지만 이글이는 꿈적하지 않았어요.

"이글아! 사람들은 후회하고 있어. 에너지가 얼마나 소중한 자원인지 미처 몰랐어. 나처럼 반성하는 사람들도 있단 말이야!"

병호가 큰 소리로 말했어요. 병호는 이곳에 와서야 지난날의 잘못이 생각났어요. 미래의 어두운 모습이 자신의 낭비 습관 때문인 것 같아 마음이 안 좋았거든요. 병호는 삐루를 도와 밝은 도시의 모습을 꼭 보고 싶었어요.

"그걸 네가 어떻게 알아?"

"나부터 그런 마음이 생기는걸."

병호가 진지한 표정으로 대답했어요. 이글이는 빨간 불덩이를 일렁이며 잠시 생각에 빠졌어요.

"인간들은 어리석어. 다시 생활이 편해지면 예전 습관대로 에너지를 마구 쓰겠지. 그들은 절대로 반성하지 않아!"

이글이가 고개를 저으며 말했어요.

"인간이 모두 그런 건 아니야. 이곳으로 온 뒤에 나는 많이 반성했어. 난 미래가 이렇게 변할지 몰랐어. 그들도 나처럼 모르기 때문에 그렇게 했던 거야. 한 번만 더 기회를 주면 안 될까?"

삐루는 병호가 진심을 말하고 있다는 사실을 깨달았어요. 병호의 표정은 처음 만났을 때보다 훨씬 더 성숙해 보였어요.

"흠······."

잠시 고민하던 이글이가 굵은 목소리로 대답했어요.

"좋아, 한번 믿어 보지."

이글이는 뜨겁고 강력한 빛을 내기 시작했어요. 잠시 후, 작은 불꽃 하나가 하늘에서 뚝 떨어졌어요. 삐루가 얼른 유리병 목걸이의 뚜껑을 열었어요. 불꽃은 순식간에 목걸이 안으로 빨려 들어갔어요. 유리병 안은 아까보다 조금 더 채워졌지요.

"이글아, 정말 고마워!"

삐루의 표정은 한결 편안해졌어요.

"나 같은 힘을 가진 에너지를 찾고 있다면 이 산을 따라서 쭉 내려가 봐. 원하는 걸 발견할지도 몰라."

이글이는 쨍쨍 빛을 내며 말하더니 하늘 위로 서서히 올라갔어요. 둘은 힘차게 손을 흔들었어요. 병호는 이글이의 마음을 돌리는 데 자신이 도움이 된 것 같아 뿌듯한 마음이었어요.

이글이의 말대로 병호와 삐루는 산을 내려왔어요.

"산을 내려가다 보면 나온다니, 그게 대체 뭘까?"

비탈길을 걸으며 병호가 중얼거렸어요.

울창한 나무와 바위들 때문에 산을 내려가기란 쉽지 않았어요. 다리도 아프고 목도 마르기 시작했어요. 그때, 어디선가 반가운 소리가 들렸어요.

"이게 무슨 소리지? 물, 물이다!

병호가 소리쳤어요. 수풀을 헤치고 얼마쯤 걸어가자 정말로 맑은 물이 졸졸 흐르는 계곡이 보였어요. 계곡은 제법 크고 넓었어요. 삐루와 병호는 계곡에서 잠시 쉬었다 가기로 했어요. 목을 축이고 시원하게 세수도 했어요.

병호는 지난여름, 가족과 함께 물놀이한 추억이 생각나 괜히 삐루에게 물을 튀기며 장난을 쳤어요. 삐루도 차가운 물에 들어가 물장구를 쳤어요. 맑은 공기와 푸른 나무, 시원하게 흐르는 물줄기를 보니 마음도 덩달아 시원해지는 것 같았어요.

그때 수풀에서 "바스락" 하는 소리가 들렸어요. 삐루의 표정이 순식간에 굳었어요.

"쉿!"

병호를 보며 삐루가 손짓했어요. 바스락거리는 소리는 점점 더 커졌어요.

'브이가 여기까지 따라온 건가?'

병호도 내심 긴장이 되었어요. 그 순간, 수풀에서 시커먼 물체가 불쑥 튀어나왔어요.

"으악!"

둘은 놀라서 동시에 소리쳤어요. 수풀에서 튀어나온 것은 다름 아닌 어린 고라니 한 마리였어요. 병호와 삐루의 비명에 놀랐는지 고라니는 까만 눈을 동그랗게 뜬 채 멀리 도망갔어요.

"휴, 깜짝 놀랐네."

삐루가 가슴을 쓸어내리며 말했어요.

"삐루야! 조심해!"

병호가 소리쳤어요. 갑자기 수풀 속에서 검은 두건을 쓴 키 큰 사내가 뛰어나왔어요. 브이의 우두머리였어요. 선글라스를 쓴 남자는 하얀 이를 드러내며 소름끼치는 미소를 지었습니다.

태양과 바람에서 얻는 에너지

태양열 에너지란, 태양으로부터 나오는 복사 에너지가 대기 층을 통과하여 땅에 도달할 때 그 열이나 빛 에너지를 모아 필요한 곳에 사용하는 에너지를 말합니다.

태양열 에너지는 주로 어디에 쓰일까요? 가정에서는 온수나 냉난방에 이용할 수 있어요. 이렇게 태양열 에너지를 이용하는 집을 태양열 주택이라고 합니다.

태양열 주택은 지붕 위에 설치된 집열판에서 태양열을 받아들여 그 열로 온수와 냉난방을 해결하는 집을 말한답니다. 햇빛이 집열판에 닿으면 태양 에너지가 열로 바뀌게 되거든요. 이때 파이프의 온도가 올라가 물을 가열하는 거지요. 가열된 물은 공기로 바뀌어 순풍 장치를 통해 따뜻한 공기를 제공하게 되고, 식은 공기는 집열판으로 올라가 태양열로 다시 가열됩니다.

그뿐만이 아니에요. 태양열은 공장이나 발전소를 움직이는 산업 에너지로도 유용하게 쓰이고 있어요. 석탄이나 석유처럼 유해한 가스가 나오지 않기 때문에 환경 보호 차원에서 많은 환영을 받고 있지요. 하지만 공급받을 수 있는 에너지의 양이 적다는 점과, 비가 내리거나 구름이 잔뜩 낀 흐린 날씨에는 사용할 수 없다는 단점도 가지고 있답니다.

풍력 에너지는 바람이 가지고 있는 힘을 이용한 에너지입니다. 실생활에서 사용할 수 있는 전기 에너지를 만드는 것이지요. 책이나 텔레비전에서 풍차를 본 적이 있지요? 풍차는 바람의 힘을 이용해 에너지를 만들어 내는 기계예요. 높은 탑 위에 여러 장의 날개를 단 물레방아 같은 바퀴가 있어요. 이 바퀴가 바람이 부

는 방향으로 회전하면서 동력을 생산하는 거예요.

풍차는 네덜란드에서 많이 볼 수 있어요. 국토가 바다보다 낮은 네덜란드 사람들은 아주 옛날부터 풍차를 이용해 물을 퍼 나르곤 했답니다.

풍력 에너지는 경제적으로도 저렴해서 여러 나라에서 많이 개발하고 있어요. 청정에너지이기 때문에 환경이 오염될 염려도 없지요.

하지만 바람이 항상 많이 부는 것은 아니기 때문에 에너지를 저장하는 충전 기술이 필요해요. 또, 커다란 바람개비 같은 풍차의 모양 때문에 환경 미관을 해친다는 비판도 받는답니다. 우리나라에는 강원도 대관령, 제주도 부근에 10여 대의 풍력 발전소가 있어요.

위기의 순간

삐루는 병호의 손을 잡고 브이의 우두머리를 피해 달아났어요. 하지만 험난한 비탈길은 도망치기엔 너무 위험했어요. 설상가상으로 브이 조직원들은 전기 자동차를 타고 병호와 삐루 뒤를 따라왔어요.

"저건 또 뭐야?"

"전기 자동차야. 하늘을 날 수 있어."

숨이 턱까지 차도록 달렸지만 전기 자동차의 속력을 이길 순 없었어요.

"이놈들! 또 놓칠 줄 알고?"

전기 자동차가 병호와 삐루 앞을 가로막았어요. 자동차에서 내린 세 명의 남자가 병호와 삐루를 붙잡았어요.

"이거 놔!"

"놓으라고!"

병호와 삐루는 손이 묶인 채 자동차 안으로 끌려 들어갔어요. 검은 두건을 쓴 남자가 웃으며 둘을 바라보았어요.

"발버둥쳐도 소용없다. 어차피 너희가 바라는 세상은 오지 않아!"

남자가 날카로운 목소리로 말했어요. 병호와 삐루는 어떻게 하면 이곳을 빠져나갈 수 있을까 고민했지만 마땅한 해결책이 떠오르지 않았어요. 전기 자동차는 유유히 계곡 위를 날고 있었어요.

"밧줄만 풀 수 있다면 탈출할 수 있을 것 같아."

조직원들을 피해 삐루가 병호에게 조심스레 속삭였어요. 병호는 삐루 곁에 더 바짝 붙어 앉아 있는 힘껏 손을 뻗어 삐루 손목에 묶인 밧줄을 잡았어요. 하지만 꽁꽁 묶인 매듭은 한 번에 풀어지지 않았어요.

'제발 풀어져라…….'

혹시 들킬까 봐 병호의 가슴은 콩닥콩닥 뛰었어요. 마지막 힘을 모아 매듭을 당기자 마침내 '툭' 하고 매듭이 풀어졌어요. 병호는 너무 기뻐 하마터면 소리를 지를 뻔했지요.

"어, 이게 갑자기 왜 이러지?"

때마침 브이의 전기 자동차가 한 차례 흔들렸어요.

"보스! 에너지를 다 쓴 것 같습니다."

조직원 한 명이 당황한 목소리로 말했어요. 자동차는 더 심하게 흔들렸어요. 에너지를 충전하기 위해 조직원들이 바삐 움직이기 시작했어요. 그 틈을 타 삐루가 병호를 묶고 있던 밧줄도 풀어 주었어요. 에너지가 부족한 자동차는 점점 아래로 떨어졌어요.

"이러다가 물에 빠지겠어! 서둘러!"

검은 두건이 소리쳤어요. 자동차는 계곡으로 추락하고 있었어요.

"병호야! 지금이야!"

삐루가 큰 소리로 외치며 자동차의 문을 열었어요. 두 눈을 꼭 감은 병호는 용기를 내 삐루와 함께 자동차 밖으로 뛰어내렸어요.

그때였어요. 갑자기 계곡물이 하늘 높이 솟구치더니 소용돌이를 만드는 것이었어요. 빙글빙글 돌던 물은 거대한 물기둥이 되어 허공에서 떨어지는 병호와 삐루를 사뿐히 받아 주었어요. 반면, 브이의 자동차와 조직원들은 물에 빠져 멀리 떠내려가고 있었어요.

병호가 어리둥절한 얼굴로 중얼거렸어요.

"이게 어떻게 된 거지?"

당황하긴 삐루도 마찬가지였어요. 높이 솟았던 물기둥은 천천히 낮아지더니 병호와 친구들을 땅에 내려 주었어요.

"너희들은 누군데 이렇게 시끄러운 거니?"

물기둥이 말했어요. 물기둥은 이내 여러 개의 물방울로 변했어요. 그중 가장 큰 물방울이 삐루의 어깨 위에 맺혔어요. 물방울을 본 병호와 삐루는 동시에 외쳤어요.

"물이다!"

삐루가 물방울을 손바닥 위에 올려놓으며 말했어요.

"이글이가 말한 게 너였구나."

"난 퐁퐁이야. 이 산의 주인이기도 하지."

"너도 에너지를 만들 수 있니?"

병호가 물었어요.

"당연하지. 우린 높이가 높을수록 힘이 세져. 우리가 높은 곳에서 떨어질 때, 그리고 다시 높은 곳으로 끌어올려질 때 엄청난 힘을 발휘하거든."

"네 힘을 우리에게 나눠 줄 수 없겠니? 우린 지금 청정에너지를 모으고 있거든. 큰 에너지를 만들기 위해."

"풋, 그런 걸 만들어서 뭐하게?"

퐁퐁이가 비웃으며 말했어요.

"우리가 저 높은 곳에서 몸이 부서져라 일을 해도 인간들은 에너지를 펑펑 쓰기만 할 뿐이야."

"지금 세상은 온통 암흑이야. 밝은 미래를 위해서는 우리가 꼭 힘을 합쳐야 해."

"우리가 힘을 모은다고 인간들이 고마워하기나 할까?"

퐁퐁이는 부정적이었어요.

"틀림없이 고마워할 거야. 사람들은 많이 반성하고 있거든."

병호가 말했어요.

"우린 지금 브이라는 조직에게 쫓기고 있어. 시간이 많지 않아. 네가 에너지를 조금 나눠 준다면 많은 힘이 될 거야."

삐루의 간절한 말이 퐁퐁이의 마음을 조금씩 움직였어요.

"내가 어떻게 하면 되는 거지?"

"이 목걸이에 너의 힘을 나누어 주면 돼."

삐루가 유리병 목걸이의 뚜껑을 열
며 말했어요. 절반 정도 채워진 목걸이를 보
며 퐁퐁이는 잠시 고민에 빠졌어요.
"좋아, 도와줄게."

퐁퐁이가 차가운 물방울을 튀기며 말했어요. 병호와 삐루는 활짝 웃었어요. 퐁퐁이는 계곡물로 퐁당 빠졌어요. 잠시 후, 하얀 물살이 튀어 올랐어요. 햇빛에 비친 물방울들은 유리알처럼 맑았어요. 수많은 물방울은 곧 하나로 합쳐지더니 하나의 물줄기가 되어 삐루의 목걸이 속으로 쏙 빨려 들어갔어요.

"행운을 빌어!"

퐁퐁이는 한마디 인사만 남긴 채 물이 되어 멀리 흘러갔어요. 삐루와 병호도 퐁퐁이를 향해 오랫동안 손을 흔들었어요.

병호와 삐루는 산속에서 하루를 보내기로 했어요. 날은 다시 어두워졌고, 병호도 삐루도 많이 지쳐 있었지요. 둘은 나무가 빽빽한 숲으로 들어가 브이에게 들키지 않을 만한 곳을 찾았어요.

폭신한 잔디 위에 누워 바라본 밤하늘에는 별이 총총 박혀 있었어요. 서울에선 잘 볼 수 없는 풍경이라 병호는 오랫동안 하늘을 올려다보았습니다.

"네가 사는 곳은 어떤 곳이야?"

삐루가 작은 목소리로 물었어요.

"내가 사는 곳은 아파트도, 자동차도, 사람도 많은 도시야. 조금 복잡

하긴 하지만 학교랑 학원도 많고 큰 마트랑 병원도 있어서 편리해."

"여기처럼 어둡지 않겠지?"

"응, 전혀 어둡지 않아. 한밤중이라도 불을 켤 수 있고, 거리에도 가로등이 세워져 있거든."

"좋겠다. 언제든지 불을 켤 수 있다니……."

삐루의 시무룩한 표정을 보자 병호는 마음이 안 좋았어요.

"사실 나는 전기가 이렇게 귀중한 것인지 몰랐어."

병호가 머리를 긁적이며 말했습니다.

"우리 엄마가 항상 아껴 쓰라고 말씀하셨는데도 난 그게 잔소리라고만 생각했거든. 내 미래의 세계가 이렇게 우울할 줄은 정말 몰랐어. 이럴 줄 알았다면 절대 낭비하지 않았을 거야."

"너 같은 사람들만 있다면 참 좋을 텐데."

"아마 잘 몰라서 그랬을 거야. 학교에서 아무리 가르쳐 줘도 실제로 이렇게 보고 느끼지 않으니까……. 나도 이곳에 와서야 내 잘못을 알게 되었잖아."

삐루가 고개를 끄덕였어요.

병호는 다시 하늘을 올려다보았어요. 별똥별 하나가 긴 꼬리를 그

으며 떨어졌어요. 집에 있는 가족이 생각났어요.

'이런 세계는 우리가 꿈꾸던 미래가 아니야.'

산은 너무나 고요했어요. 하늘을 보던 병호는 어느 순간 까무룩 잠이 들었습니다.

물의 에너지를 모으는 수력 발전소

높은 곳에서 떨어지는 물의 힘을 이용하여 전력을 생산하는 곳을 수력 발전소라고 합니다. 댐과 같은 설비를 통해 물을 가두어 두었다가 이 물이 높은 곳에서 낮은 곳으로 이동할 때 생기는 에너지로 전기를 생산하는 것이지요.

수력 발전소는 물이라는 청정 자원을 이용하기 때문에 환경 오염이 거의 없어요. 전기를 생산하기까지 경제적으로도 저렴한 편이라 많이 이용하고 있지요. 하지만 발전소를 만들기 위한 위치를 선정하는 데 어려움이 있어요. 물이 풍부해야 하고 높낮이도 고려해야 해요. 물을 가둘 수 있는 시설을 세우려면 넓은 땅도 필요하고요. 시설을 세우기 위해서는 건설 비용도 많이 드는 편이랍니다.

그럼에도 여러 나라에서 수력 발전소를 세우고 있어요. 우리나라는 어떨까요?

우리나라는 일 년 내내 비가 고르게 내리는 곳이 아니에요. 주로 여름에 집중되어 있지요. 그래서 물의 양이 풍부하지 않아요. 또한 높은 산이 많지 않기 때문에 낙차도 큰 편이 아니지요. 이는 수력 발전소가 세워지기 어려운 조건이랍니다. 이처럼 불리한 조건을 극복하기 위해 우리나라에서는 다양한 방식으로 수력 발전소를 세우고 있어요.

댐은 대표적인 수력 발전소 중 하나입니다. 인공 호수를 만들어 물의 낙차를 이용해 전기를 생산하는 것이지요. 댐은 전기뿐만 아니라 공업용수, 농업용수로도 이용되고 홍수를 조절하기도 해요. 이렇게 여러 목적으로 이용되는 댐을 '다목적 댐'이라고 부릅니다.

'유역 변경식 댐'은 하천의 물길을 막아 낙차가 큰 반대편 경사로로 물길을 변경시켜 전기를 생산하는 발전소를 말합니다. 낙차가 커야 하기 때문에 주로 높은 산에 건설되어 있어요. 섬진강 댐, 강릉 댐 등이 이에 속합니다.

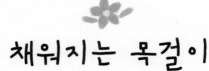

채워지는 목걸이

"병호야, 이제 그만 일어나."

삐루의 목소리에 병호는 겨우 잠에서 깨어났어요. 눈이 부셔 제대로 눈을 뜰 수가 없었지요.

"병호야, 날이 밝았어. 어서 떠나야 해."

삐루가 병호를 재촉하자 병호는 그제야 허둥지둥 일어나 눈을 비볐어요.

"어디로 가려고?"

"우선 브이가 모르는 곳으로 가야 할 것 같아. 여긴 아직 위험해."

둘은 걷고 또 걸었어요. 산을 벗어나 넓은 들판을 지났어요. 곧 도시가 펼쳐졌고 드문드문 사람들의 모습이 보였어요. 거리는 지저분했어요. 골목 곳곳에 쌓여 있는 쓰레기 더미를 보니 병호의 기분은 좋지 않았어요.

"이게 지구의 미래라니 믿을 수가 없어."

"네가 보는 것은 일부분일 뿐이야."

삐루가 어두운 표정으로 그동안 이곳에서 있었던 일을 이야기하기 시작했어요.

전기를 풍족하게 쓰지 못하면서 일상생활에도 큰 변화가 일어났어요. 쓰레기를 수거하는 청소차가 자주 다니지 못해서 길에 쓰레기가 넘쳐났어요. 회사에서도 컴퓨터를 오래 사용하지 못해 전보다 많은 손해를 봐야 했어요.

공장에서도 생활용품을 많이 만들어 내지 못했어요. 옷이나 신발, 칫솔 같은 생활필수품은 갈수록 부족해졌어요. 부족한 자원을 사 오기 위해서 해외에 엄청난 돈을 지불하기도 했어요. 자연스럽게 나라의 사정은 점점 어려워졌고, 국민의 생활도 최악의 수준으로 떨어지고 말았지요.

"정말이지, 지금 내가 사는 곳에서는 상상할 수 없는 일이야."

쓰레기를 뒤지고 있던 두 명의 어린아이가 병호를 보더니 후다닥 들판을 향해 달려가는 모습이 눈에 띄었어요.

'에너지를 꼭 모아야 해.'

미래의 현실을 볼 때마다 병호의 마음은 더 확고해졌어요.

어느덧 두 소년은 도시를 빠져나왔어요. 푸른 소나무 숲을 지나서 계속 걷다 보니 어디선가 바람이 솔솔 불어왔어요. 짠 내음도 함께 밀려왔지요.

"바다야!"

삐루가 말했어요. 탁 트인 바다를 보자 답답했던 가슴도 시원해지는 것 같았어요. 병호는 삐루와 함께 바다로 달려갔어요.

"으악!"

병호가 가던 길을 멈추고 소리를 질렀어요. 발이 푹푹 빠졌어요. 모래사장인 줄 알았던 해변이 질퍽한 진흙이었던 거예요. 끈적끈적하고 미끈거리는 느낌이 그리 좋지 않았어요.

"여긴 갯벌이야."

당황하는 병호를 보며 삐루가 "깔깔" 웃었어요.

"으, 걷기가 너무 힘들어."

"이제 곧 물이 들어오려나 봐."

삐루가 수평선을 가리켰어요. 바닷물이 천천히 갯벌 쪽으로 들어오고 있었어요. 시간이 흐를수록 물은 점점 갯벌을 뒤덮었어요.

"우와, 진짜로 물이 들어오네? 저 파도 좀 봐!"

병호가 신기하다는 듯이 말했어요.

"달 때문에 파도가 치는 거야."

"달?"

"응, 지구와 달 사이에는 서로를 잡아당기는 힘이 존재하거든. 달이 지구 주변에 있는 것도 이런 성질 때문이지."

"그거랑 파도랑 무슨 상관이야?"

병호가 머리를 갸우뚱거렸어요.

"달이 지구를 끌어당기는 힘 때문에 바닷물이 이리저리 움직이는 거야. 하루에 두 번씩 바닷물은 먼 바다로 빠져나갔다가 다시 밀려오지. 바닷물이 빠져 나가는 것을 썰물이라고 하고, 밀려오는 것은 밀물이라고 해."

"지금 물이 들어오니까 밀물이겠구나."

병호의 말에 삐루는 고개를 끄덕였어요.

"지구는 참 신기해. 달이 바닷물도 이리저리 끌어당기고. 그렇다면 파도에도 어떤 힘 같은 게 있지 않을까? 물 에너지처럼 말이야."

병호가 파도를 보며 말했어요.

"그럴지도 모르겠다. 저쪽으로 한번 가 보자."

삐루가 앞장섰어요. 파도가 천천히 물결을 일으키며 갯벌을 뒤덮고 있었어요. 삐루는 가슴에 손을 얹고 눈을 감았어요.

"뭐하는 거야?"

병호의 물음에도 삐루는 답이 없었어요. 조용히 정신을 집중할 뿐이었지요. 갑자기 손을 얹은 삐루의 가슴에서 '팟' 하고 빛이 났어요. 초록빛이 삐루의 온몸을 감싸기 시작했어요.

"병호야, 뒤로 물러서 있어."

삐루는 파도에 초록빛이 일렁이는 두 손을 담갔어요. "파바박" 하는 소리와 함께 작은 불꽃이 일어났어요. 파도는 크게 한 번 요동치더니 물결을 일렁이며 푸른 장막을 만들었어요. 마치 푸른색 커튼이 드리워진 것 같았지요. 그리고 그 사이로 쩌렁쩌렁 울리는 목소리가 들렸어요.

"누구야? 귀찮게 하는 놈이!"

"안녕? 귀찮게 해서 미안해. 난 삐루야, 네 이름은 뭐니?"

"난 철썩이야. 날 불러내다니 제법이군. 무슨 일이야?"

"우린 에너지를 모으고 있는 중이야."

철썩이가 "철썩철썩" 물보라를 일으키며 말했어요.

"흥, 에너지라면 아주 지긋지긋해. 난 지금도 일을 하고 있다고."

"너는 어떻게 에너지를 만드니?"

병호가 물었어요.

"밀물이 되어 바닷물이 가장 높아졌을 때를 만조라고 해. 썰물이 되어 바닷물의 높이가 가장 낮아질 때를 간조라고 부르지. 이때의 높이 차이를 간만의 차, 혹은 조차라고 불러. 밀물과 썰물의 규칙적인 운동을 이용해서 전기를 일으키는 거야."

"그렇구나. 파도의 힘으로 전기를 일으킨다니……. 참 신기하다!"

병호가 철썩이를 올려다보며 말했어요.

"브이라는 조직이 이곳에 발전소를 세우고 있어. 부족한 전기를 생산하느라 우리는 매일 일을 하고 있지."

브이라는 말에 병호도 삐루도 깜짝 놀랐어요. 둘은 습관처럼 주변을 경계하며 대화를 이어 갔어요.

"그렇구나. 사실 우리는 그들에게 쫓기고 있어. 브이는 우리가 새로운 에너지를 만들지 못하게 방해하려고 해."

"브이는 무서운 조직이야. 너희들 힘으로는 어림도 없어."

"아냐, 너처럼 깨끗한 에너지를 가진 친구들이 도움을 주었는걸?"

"깨끗한 에너지? 그게 누군데?"

철썩이가 물었어요.

"바람, 태양 그리고 물!"

병호가 재빨리 대답했어요.

"정말 그들이 도움을 주었단 말이야? 바람돌이랑 이글이, 거기에 퐁퐁이까지?"

"그렇다니까! 이 목걸이에 너의 힘을 조금만 덜어 주면 돼. 목걸이가 다 채워지면 에너지를 만들 수 있어."

삐루가 목걸이를 매만지며 말했어요. 철썩이는 고민에 빠졌어요.

"좋아, 친구들이 했다니 나도 도울게."

"고마워!"

"정말 고마워!"

철썩이가 출렁이며 높이 솟구쳤어요. 파란 하늘 위로 푸른 파도가 펼쳐졌어요. 하얀 거품이 유리알처럼 부서졌어요. 회오리처럼 빙글빙글 돌던 파도는 출렁이며 목걸이 안으로 쑥 빨려 들어갔어요.

"토지가 많은 곳으로 가 봐. 너희에게 도움이 될 만한 친구들이 있을 거야."

말을 마친 철썩이는 언제 그랬냐는 듯 금세 잠잠해졌어요. 하얗게 출렁이는 파도가 마치 손을 흔드는 것 같았어요.

'자연의 힘은 정말 대단하구나.'

철썩이는 파도를 보며 병호는 생각했어요. 그때였어요.

"어? 병호야, 저길 봐!"

삐루가 다급한 목소리로 소리쳤어요. 빠른 속도로 달려오는 전기 자동차가 보였어요.

"브이야! 어서 피해야 해!"

삐루가 소리쳤어요.

바다의 힘을 이용하는 조력 발전소

조력 발전소는 조석 간만의 차를 이용해 전기를 생산하는 곳입니다. 바닷물이 가장 높아지는 만조와 가장 낮아지는 간조일 때 바닷물이 드나드는 파도의 힘을 이용하여 터빈을 돌리는 것이지요.

현재 세계 최대의 조력 발전소는 영국 해협 부근에 있는 프랑스 랑스 강 하구의 발전소예요. 이곳에서는 물이 밀려오면 수문을 닫아 물을 가두고 썰물이 되면 낮아진 해면으로 가둔 물을 떨어뜨려 24개의 터빈을 돌려 전기를 만듭니다. 수력 발전과 유사한 방식이라고 볼 수 있어요.

조력 발전은 조석 간만의 차가 큰 지역으로 한정되어 있기 때문에 입지 조건이 까다로운 편이에요. 해수면의 변화가 일 년 동안 균일하지 않기 때문에 발전하는 데 어려움이 따르기도 하고, 건설 비용이 비싸다는 단점도 가지고 있지요. 물을 가두는 갑문 주변은 바닷물의 소통이 적어서 생태계가 오염될 수 있다는 비판을 받기도 해요.

　그럼에도 고갈될 염려가 없다는 점과 공해를 유발하지 않는다는 장점 때문에 조력 발전이 널리 쓰이고 있습니다. 우리나라는 서해의 인천만, 아산만, 천수만 등이 조력 발전소에 적합한 지역으로 꼽히고 있답니다.

찾았다, 마지막 에너지!

"이러다 잡히겠어! 도망가야 해!"

병호가 달리면서 소리쳤어요. 브이의 전기 자동차도 속력을 높였어요.

"삐루야! 이쪽이야!"

병호와 삐루는 얼른 해변 뒤에 있는 소나무 숲으로 들어갔어요. 전기 자동차는 나무 사이를 쉽사리 넘지 못했어요. 그 틈에 병호와 삐루는 더 빨리 달렸어요. 결국 자동차에서 내린 브이의 조직원들이 곧 그 뒤를 쫓기 시작했어요.

"보이지 않는 곳으로 숨어야 해!"

삐루가 숨을 헐떡이며 말했어요. 더 이상 뛰는 것은 무리였어요. 병호와 삐루는 커다란 바위 틈으로 몸을 숨겼어요. 하지만 안심하긴 일렀지요.

"삐루야, 이제 어떡하지?"

병호가 울상이 되었어요.

"철썩이가 토지가 많은 곳으로 가라고 했지?"

"응."

"토지가 많은 곳이면 농촌이 아닐까?"

"농촌? 그래! 거기로 가면 되겠다."

"거기라니?"

"우리가 이곳으로 이동하기 전에 들렀던 할아버지 댁 말이야."

"아! 농사 짓는 할아버지?"

"그래, 할아버지라면 뭔가 알고 계실지도 몰라."

병호의 말에 삐루의 표정도 환해졌어요.

삐루는 가슴에 손을 얹고 그곳의 풍경을 떠올리려 애썼어요. 눈을 감고 정신을 집중했어요. 머릿속에 들판이 선명하게 그려졌어요. 할아버지와 함께 밥을 먹던 모습도 생각났어요. 기억이 떠오를 때마다 삐루의 몸에서 초록빛 아지랑이가 솔솔 피어올랐어요.

"병호야, 지금이야!"

삐루의 몸에서 나온 초록빛이 허공에 공간 구멍을 만들었어요. 구멍은 점점 커졌어요. 이곳으로 이동했을 때와 똑같은 모양이었지요.

"샅샅이 찾아!"

브이 일당이 모습을 드러냈어요. 조직원들은 흩어져서 숲 여기저기를 뛰어다녔어요. 병호는 재빨리 구멍으로 들어갔어요.

"저기 있다!"

그때 부하 한 명이 삐루를 발견하고 소리쳤어요. 놀란 삐루가 얼른 구멍으로 들어갔어요.

"놓치지 마라!"

두목이 큰 소리로 외쳤어요. 삐루는 눈을 꼭 감고 집중했어요. 강렬한 전기가 삐루의 몸을 타고 흘렀어요. 구멍은 점점 줄어들었고, 브이 조직원들이 미처 도착하기도 전에 닫히고 말았지요.

"으악!"

"엄마야!"

병호와 삐루는 그때와 같은 강렬한 힘에 휩쓸려 빙글빙글 허공 속을 헤엄쳤어요.

"조금만 참아!"

삐루가 말했어요. 둘은 서로의 손을 꼭 잡았어요. 병호는 이제 무섭지 않았어요. 삐루와 함께여서 안심이 되었지요. 한참을 돌자 작은 불빛이 보였어요. 삐루가 이끄는 대로 병호는 빛을 향해 날아갔어요. 빛은 점점 커졌고 더 반짝거렸어요.

"어이쿠!"

"아얏!"

둘은 구멍 바깥으로 차례대로 굴러 떨어졌어요. 머리가 너무 어지러워서 병호는 세차게 고개를 흔들었어요.

"제대로 온 것 같아."

삐루가 숨을 몰아쉬며 말했어요.

"응, 이제 할아버지만 찾으면 돼."

마을은 여전히 조용했고, 사람들은 보이지 않았어요. 병호는 할아버지 댁을 찾기 위해 삐루와 마을을 돌아다녔어요.

"저 집인 것 같아!"

병호가 말했어요. 둘은 마을 끝에 있는 붉은 벽돌집으로 달려갔어요. 마당에 들어서자 할아버지와 할머니가 평상에 앉아 있었어요.

"할아버지! 할머니!"

병호가 달려가 할아버지께 인사했어요. 할아버지는 눈을 게슴츠레 뜨고 병호를 유심히 쳐다보았어요.

"그때 그 아이들이로구나?"

할아버지가 웃으며 말했어요. 할머니도 병호와 삐루를 번갈아 쳐다보며 반갑게 맞아 주었어요.

"그래, 너희가 찾는다던 깨끗한 에너지는 다 찾았니?"

"네, 그런데 아직 조금 더 필요해요. 할아버지께 도움을 받을 수 있을까 해서 다시 들렀어요."

"이 늙은이가 뭔 도움이 된다고……."

할아버지는 말끝을 흐리며 곰곰이 생각하더니 병호와 삐루를 집 뒤에 있는 창고로 데리고 갔어요.

창고에는 고구마와 옥수수가 가득 쌓여 있었어요. 창고 옆 닭장 안에서는 여러 마리의 닭이 모이를 먹고 있었어요. 하지만 어디서 에너지를 찾아야 하는지는 알 수 없었어요.

"할아버지 어렸을 적엔 땔감이 없으면 저런 옥수수 껍질로도 불을
피우곤 했지."
　할아버지가 창고에 가득 쌓인 옥수수
를 가리키며 말했어요.

그때, 창고 밖에서 할머니가 할아버지를 불렀어요. 할아버지는 두 소년을 남겨 두고 밖으로 나갔어요.

　　"혹시 저거 아닐까?"

　　병호가 혼잣말로 중얼거렸어요.

　　"저거라니?"

　　삐루가 물었어요.

　　"옥수수 껍질로 불을 피웠다면 에너지도 만들어 낼지 모르잖아."

　　병호가 옥수수 더미로 걸어가며 말했어요.

　　"넌 하나만 알고 둘은 모르는구나?"

　　그때 어디선가 누군가의 목소리가 들렸어요. 병호가 깜짝 놀라 주변을 둘러보았어요.

　　"누구야? 모습을 드러내!"

　　삐루가 말했어요.

　　"혹시 브이 아닐까?"

　　병호가 작은 목소리로 삐루에게 속삭였어요.

　　"여기야, 여기!"

　　목소리는 닭장에서 들려왔어요. 병호는 조심스럽게 닭장으로 다가

갔어요. 깜짝 놀란 닭들이 날갯짓을 하며 닭장 안을 돌아다녔어요.

"이봐! 밑을 보라고."

목소리가 시키는 대로 병호는 닭장 아래를 내려다보았어요. 닭이 싼 배설물이 여기저기 흩어져 있었어요. 짚을 깔아 놓은 닭장이 들썩이더니 곧 흩어진 배설물이 하나의 덩어리가 되었어요.

"설마, 네가 말을 한 거니?"

병호가 놀란 표정으로 물었어요. 배설물은 "키득키득" 웃었어요.

"그럼 네가 에너지인 거야?"

"이래서 하나만 알고 둘은 모른다고 한 거야."

"그게 대체 무슨 뜻이야?"

병호가 답답하다는 듯 물었어요.

"바이오는 네가 생각하는 것처럼 한 가지가 아니거든."

"바이오?"

"여기도 있지!"

창고에서 또 다른 목소리가 들려왔어요. 이번엔 삐루가 가까이 다가갔어요. 옥수수 더미가 들썩이더니 긴 수염을 단 옥수수가 툭 튀어나왔어요.

"나도 에너지를 만들 수 있지롱! 우리는 식물뿐만 아니라 배설물 같은 동물의 유기물을 이용해서도 에너지를 만들 수 있어."

옥수수가 씩 웃으며 말했어요.

"너희를 바이오라고 부르니?"

삐루가 물었어요.

"응, 우리는 많은 과학자가 연구 중인 대체 에너지야!"

삐루와 병호는 서로의 얼굴을 쳐다보며 환하게 웃었어요.

"바이오야, 너희의 도움이 필요해서 왔어. 우린 깨끗한 힘을 모아 맑은 에너지를 만들려고 해."

"에너지를 만들면 뭐해? 어차피 사람들은 소중함도 모를 텐데."

옥수수가 수염을 매만지며 말했어요.

"그렇지 않아. 너도 알잖아, 전기가 부족해서 할아버지가 얼마나 힘들게 농사를 짓고 계시는지. 분명 우리가 도움이 될 수 있을 거야."

병호의 말에 옥수수는 고민에 빠졌어요.

"할아버지를 도울 수 있다면 나도 함께할게."

"고마워, 너의 힘을 이 목걸이에 조금 나누어 주면 돼."

삐루가 유리병 목걸이의 뚜껑을 열었어요.

옥수수는 핑그르르 몸을 돌리더니 파란 기체가

되었어요. 그러고는 '쑥' 하고 목걸이로

빨려 들어갔어요.

생물에서 힘을 얻는 바이오 에너지

바이오매스라는 말을 들어 본 적이 있나요? 아마 생소한 단어일 거예요. 바이오 에너지는 바이오매스를 에너지원으로 사용한답니다.

나무의 줄기나 뿌리, 잎 등이 대표적인 바이오매스예요. 식물의 줄기에 화학, 생물 공학 등 여러 기술을 접목시켜 알코올, 수소 가스, 전기 에너지 등을 얻어 내는 거지요.

바이오매스는 식물에서만 추출할 수 있는 게 아니에요. 가축의 분뇨나 음식물 찌꺼기, 공장의 폐수 등에서도 추출할 수 있거든요. 가축의 분뇨를 미생물로 발효시켜 수소 기체를 얻어 내는 것이지요. 따라서 에너지로 활용 가능한 모든 생물이 바이오 에너지의 자원이라고 볼 수 있겠네요.

바이오 에너지는 재생이 가능하고 환경도 오염시키지 않는 청정에너지예요. 옥수수에서 추출한 알코올이 자동차의 연료로 이용된다니 신기하지 않나요? 음식물 찌꺼기에서 얻은 메탄 가스로 집의 난방을 할 수도 있어요. 물과 온도 조건만 맞으면 지구 어느 곳에서나 얻을 수 있고요. 적은 돈으로도 생산이 가능하기 때문에 환영을 받고 있지요.

하지만 바이오매스를 얻기 위해서는 넓은 토지가 필요해요. 옥수수 같은 식물을 많이 키워야 하니까요. 또 분뇨를 얻기 위해 가축을 기를 땅도 있어야 해요. 브라질과 미국, 일본 등은 이미 바이오 에너지 공급량이 높은 편이랍니다. 우리나라도 지금 활발히 연구 중이라고 하니 훗날 돼지 똥에서 얻은 가스로 자동차를 탈 수 있겠지요?

병호야, 미래를 기억해

"드디어 목걸이를 다 채웠어!"

바이오의 힘이 들어가자 유리병 목걸이는 푸른 액체로 가득 찼어요. 삐루의 몸에 흘렀던 초록빛이 목걸이에서도 새어 나왔어요.

"이제 어떡하면 되지?"

병호가 물었어요.

"발전소로 가야 해. 이 목걸이를 발전기에 끼우면 새로운 에너지가 만들어질 거야."

둘은 도시에 있는 발전소로 가기로 결정했어요.

"할아버지! 감사했습니다. 몸 건강히 안녕히 계세요."

"그래, 잘 가거라."

병호는 마치 친할아버지와 헤어지는 것처럼 아쉬웠어요.

"꼭 우리 친할아버지 같아. 예전에 만났던 것처럼……."

"그건 저 할아버지가 네 미래의 모습이기 때문이야."

삐루의 말에 병호의 눈이 휘둥그레졌어요.

"뭐? 내 모습이라고? 말도 안 돼!"

"병호야, 미래를 만들어가는 건 현재의 너희들이야."

병호는 뒤를 돌아보았어요. 할아버지가 손을 흔들고 서 있었어요.

'나의 모습이라…….'

도시에 도착했을 땐 이미 어두운 밤이었어요. 병호가 처음 왔을 때
와 마찬가지로 도시는 깜깜했어요. 마치 전쟁이 일어난 것처럼 고요
하고 차가운 느낌이었어요.

병호와 삐루가 도착한 곳은 도시 옆에 세워진 발전소였어요.

"아무도 없네?"

병호가 닫힌 문을 열고 안으로 들어갔어요. 수많은 기계가 즐비했
지만 멈춘 발전기에는 하나같이 먼지만 가득 쌓여 있었어요.

"브이 때문에 한동안 운영을 하지 않았거든."

삐루가 뽀얀 먼지를 불며 말했어요.

"이제 어떡하지?"

"이 목걸이에 맞는 발전기를 찾아야 해."

"이렇게 많은데 찾을 수 있을까?"

병호가 걱정스런 얼굴로 말했어요.

"시간이 없어, 얼른 찾아보자."

병호와 삐루는 흩어져서 발전기를 둘러보기로 했어요. 하지만 목걸이와 맞는 기계는 좀처럼 나타나지 않았어요.

그때, 밖에서 시끄러운 소리가 들렸어요. 병호가 얼른 창밖을 살펴보니 하늘에서 전기 자동차를 탄 브이 일당이 발전소를 향해 날아오고 있었어요

"삐루야! 브이가 오고 있어!"

병호가 소리쳤어요. 삐루는 마음이 다급해져 발전기에 붙은 사다리를 타고 높은 곳으로 올라가 기계를 둘러보기 시작했어요.

"어서 빨리!"

"보이지가 않아!"

삐루도 병호도 애가 타기 시작했어요. 브이의 자동차는 천천히 땅
으로 내려왔어요. 검은 두건의 우두머리와 붉은 두건의 조직원들이
차에서 내렸어요.

병호는 얼른 발전소의 문을 걸어 잠갔어요. "쿵쿵" 하고 요란하게
문 두드리는 소리가 났어요.

"병호야, 창문!"

삐루가 소리쳤어요. 브이 일당이 창문을 깨뜨리고 발전소 안으로
들어오고 있었어요. 삐루는 서둘러 발전기 맨 꼭대기로 올라갔어요.

"우릴 내버려 둬!"

병호가 소리치자 브이의 두목이 인상을 쓰며 명령했어요.

"저 꼬마를 잡아라."

근처에 있던 붉은 두건의 조직원 두 명이 순식간에 병호를 붙잡았
어요. 그 순간, 높은 곳에 있던 삐루도 마침내 목걸이와 맞는 기계를
발견했습니다. 눈앞에 기계가 있었지만, 삐루에게는 기계보다 병호가
더 우선이었어요.

"병호를 놓아 줘!"

삐루가 소리쳤어요.

"친구를 구하고 싶으면 거기서 내려와라. 네가 무슨 수를 써도 우릴 막지 못해!"

브이의 우두머리가 차가운 목소리로 말했어요.

"삐루야, 안 돼! 난 괜찮으니 어서 목걸이를 끼워!"

병호가 말했어요.

'병호야…….'

삐루는 도저히 병호를 포기할 수 없었어요.

'어떡하지? 어떻게 해야 하지?'

삐루의 머릿속이 혼란으로 가득 찼어요. 무엇이 더 중요한 것인지 쉽게 결단할 수 없었어요. 하지만 며칠간 병호와 함께하며 쌓은 추억들이 주마등처럼 삐루의 뇌리를 스쳐 지나갔어요.

'그래, 에너지는 다시 찾으면 돼. 하지만 친구는 한 번 잃으면 다시 찾을 수 없어!'

삐루가 결심하는 순간, 브이의 조직원이 병호의 팔을 세게 짓눌렀어요. 병호는 고통에 찬 비명을 질렀어요.

"으악!"

"병호야! 이 나쁜 놈들, 그만두지 못해?"

삐루가 얼른 병호의 곁으로 뛰어내리려 하자 아픔을 꾹 참고 병호가 고개를 흔들었어요.

"삐루야, 셋에 움직여!"

"뭐라고?"

"하나, 둘…….''

난데없이 숫자를 세는 병호의 모습에 삐루는 어리둥절했어요. 병호는 "셋!"을 외침과 동시에 자기를 잡고 있던 조직원의 손을 꽉 깨물었습니다.

"으악!"

"삐루야, 지금이야!"

그 틈을 타 삐루가 발전기 쪽으로 달려갔어요.

"저 놈을 어서 잡아!"

상황을 파악한 브이 조직원들이 삐루를 뒤쫓았지만 삐루가 한 발 빨랐어요. 삐루는 재빠른 동작으로 목걸이를 발전기에 끼워 넣었습니다.

"이제 됐어!"

삐루가 기쁜 마음으로 소리쳤어요.

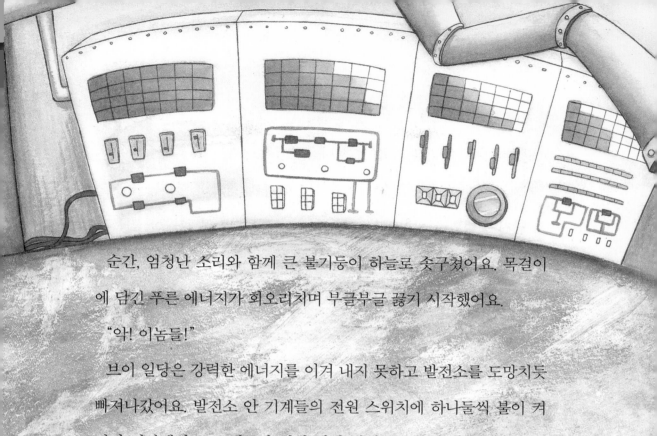

순간, 엄청난 소리와 함께 큰 불기둥이 하늘로 솟구쳤어요. 목걸이
에 담긴 푸른 에너지가 회오리치며 부글부글 끓기 시작했어요.

"악! 이놈들!"

브이 일당은 강력한 에너지를 이겨 내지 못하고 발전소를 도망치듯
빠져나갔어요. 발전소 안 기계들의 전원 스위치에 하나둘씩 불이 켜
지기 시작했어요. 오랫동안 멈춰 있던 기계들은 육중한 소리를 내며
바쁘게 움직였어요.

"성공했어!"

병호와 삐루는 서로 마주 보며 마음껏 웃었어요.

기계들은 빠른 속도로 움직이기 시작했어요. 병호와 삐루는 창문으로 달려가 바깥을 바라보았어요. 아주 먼 곳에서부터 하나둘, 건물과 가로등에 불이 켜지고 있었어요. 병호의 가슴에도 전기가 들어온 것처럼 콩닥콩닥 뛰었어요. 도시는 조금씩 환해졌어요.

"됐어! 불이 들어왔어!"

삐루가 소리쳤어요. 병호도 웃으며 말했어요.

"삐루야, 이제 우리의 할 일은 끝난 거지?"

"응, 나머지는 사람들에게 달렸어. 소중하게 얻어 낸 에너지를 얼마나 아껴 쓰는지 지켜보자."

병호가 고개를 끄덕였어요.

도시는 조금씩 소란스러워졌어요. 자동차와 전철도 운행을 시작했어요. 골목에선 아이들의 웃음소리가 끊이지 않았어요. 병호의 마음도 뿌듯해졌어요.

"병호야, 너도 이제 집으로 돌아가야지."

삐루가 말했어요. 집에 가는 것은 기쁜 일이지만, 삐루와 헤어질 생각을 하니 병호의 마음은 다시 우울해졌어요.

"네가 이곳으로 오지 않았다면 나는 에너지 친구들을 만나기 힘들었을 거야. 내 부탁을 거절하지 않고 도와줘서 정말 고마워. 네 덕에 미래는 더 밝아질 거야."

"나도 고마웠어. 네 덕분에 미래를 지키는 건 우리의 몫이라는 걸 알게 되었어. 집으로 돌아가면 나부터 에너지를 아껴서 사용할게."

작별을 한 삐루는 눈을 감고 정신을 집중하며 기운을 모았어요. 손바닥에 초록 불빛이 올라왔고, 불빛은 허공에 구멍을 만들었어요.

"병호야. 어서 들어가."

삐루가 아쉬운 얼굴로 말했어요. 병호도 발이 떨어지지 않았어요.

"삐루야, 다시 만날 수 있겠지? 우린 이제 친구잖아."

"물론이지. 간혹 귀를 기울여 봐. 어디선가 내 목소리가 들릴 거야."

둘은 마지막으로 손을 꼭 잡고 악수를 나누었어요.

아쉬움을 뒤로하고 병호는 구멍으로 들어갔습니다. 구멍은 병호를 순식간에 빨아들였고, 병호는 허공에서 빙글빙글 헤엄을 쳤어요. 몸엔 점점 힘이 빠졌고 졸음이 쏟아졌어요. 눈이 스르륵 감겼어요. 어디선가 삐루의 웃음소리가 어렴풋이 들리는 듯했어요.

"병호야! 이병호!"

누군가 흔드는 통에 병호는 힘겹게 눈을 떴어요. 밝은 빛 때문에 눈살이 저절로 찌푸려졌어요. 정신이 든 병호는 벌떡 일어났어요.

"엄마가 컴퓨터 하지 말랬지? 게다가 끄지도 않고 자면 어떡하니?"

엄마가 화난 얼굴로 병호를 바라보고 있었어요. 외출했다가 막 돌아온 차림이었어요. 병호는 어리둥절한 표정으로 방 안을 둘러보았어요.

"당장 컴퓨터 끄고 거실로 나와!"

'내가 꿈을 꾼 건 아니겠지?'

병호는 컴퓨터 모니터를 바라보며 생각했어요. 하지만 꿈이라기에는 너무나 생생한 기억이었어요.

"나오지 않고 뭐하니?"

엄마의 재촉에 병호는 얼른 컴퓨터의 종료 버튼을 눌렀어요. 그때, "지지직" 하는 소리와 함께 모니터에서 초록 불빛이 새어 나왔어요. 깜짝 놀란 병호는 그만 뒤로 넘어지고 말았어요.

"병호야! 미래를 기억해. 나도 널 잊지 않을게."

삐루의 목소리와 함께 모니터에 선명한 글씨가 새겨졌어요.

병호는 천천히 일어나 모니터를 바라보며 나지막한 목소리로 중얼

거렸어요.

"응, 절대 잊지 않을게. 우린 친구잖아."

그제야 모니터의 빛이 사그라들더니 전원이 꺼졌어요.

'삐루야, 고마워.'

컴퓨터를 끄고 방을 나서며 병호는 마음속으로 삐루에게 인사를 전

했어요.

"참, 이걸 잊으면 안 되지."

방문을 닫기 전 병호는 형광등 스위치를 내렸어요. 삐루의 환한 웃

음소리가 들리는 것 같았어요.